U0550906

墨色繁華

生活中的書法美學

侯吉諒

著

目次

推薦序｜可大可久的人文偉業　李瑞騰　五
推薦序｜肯把金針度與人　張尚文　九
推薦序｜為筆墨唯心　解昆樺　一三
自　序｜單純墨色，意外繁華　一七
前　言｜雲深不知處——書法的境界　二一

輯一　書法與日常修行

紙上太極　二六
書法如道　三六
禪與書法　四三
字如其人　五三
書法的生活美學　六九
日常生活中的寫字　七四

輯二　感受紙筆墨韻

墨說從頭　八八
墨韻穿越　一〇二
書法材料學　一一六
做筆的故事　一二八
一張好紙的故事——廣興紙寮「楮皮仿宋羅紋」製作始末　一三八

輯三　技巧與風格

臨摹的層次　一五〇
臨摹的像與不像　一五五
工筆與狂放　一五八
大和尚寫字　一六一
書法與技法　一六九
書法的理性與感性　一七五

宋徽宗的粉絲與假瘦金體　一八三

輯四
文人與書畫

文人書法　一九四
文人字　二〇二
周夢蝶的書法淵源　二〇四
李義弘的榜書〈常鮮〉　二〇八
先文人，後畫家——略談江兆申先生的詩文創作　二一六

輯五
書法有江湖

一字千金從何來　二三四
書法作品的訂價方式　二三八
書畫界的江湖規矩　二四七
師徒與師生　二六〇

推薦序

可大可久的人文偉業——序侯吉諒新書《墨色繁華》

中央大學人文藝術中心主任　李瑞騰

我的朋友侯吉諒是一位詩人，兩年前他出版了他的重要詩集《連篇交響詩》（臺北：時報文化，二〇二二），囑我撰序，我才又重讀了他早年的《城市心情》（臺北：漢光文化，一九八七）等詩集、《江湖滿地》（臺北：漢光文化，一九八八）等散文集，那時才赫然發現，他的散文竟然寫得比詩還多。除了寫在城市中耕讀過程中的耳聞目見，他也寫一種別有趣味的散文——長年讀帖練筆寫字的經驗與心情等。

這就不得不談到他詩文之外的藝術創作——書法、繪畫和篆刻，特別是書法，因名氣太大，已掩蓋過他的詩文令名。

從前的文人，像唐代的王維，他的詩才沒話講，也擅丹青，人們說他「詩中有畫，畫中有詩」，說的是他的詩畫創作有相互滲透現象；清初揚州人鄭板橋，被美稱「詩書畫三絕」，說的是三種創作都非常獨特。

吉諒能詩、能書、能畫，說他三絕，可能會立即引來不同的看法，但我至少可以說他多才多藝，而且表現精湛，極具自我特色。在《連篇交響詩》的序文中，我特別提到：「（我）穿越吉諒三十餘年的詩史，拈出『書法』一條脈流，看出墨色忽焉而澹忽焉而濃，尺幅之內有大美。我以為在吉諒的詩生活中，詩寫書法，乃一大樂事，亦成其詩的最大特色。」現在看來，吉諒用散文面對他之所愛的書法，或有更廣大的空間。

清查他已出版的書，不難發現他為書法教學寫的專書相當多，許多是實用性的，使用的語言當然是散文，他愛用如何「欣賞」、「看懂」、「寫」等動詞為書命名，內容有行書、楷書、瘦金體、《心經》

等，就我所見，如此專業、那麼用心且又持續不斷寫作，古今少見，若不是對書法的教育推廣有高度熱情與使命，恐怕是做不到的。

另外就是以書法為範域的散文寫作了，像《神來之筆》（臺北：爾雅，二〇一一）、《紙上太極》（臺北：木馬文化，二〇一三）、《書法情懷》（臺北：木馬文化，二〇一七）、《書法與生活》（臺北：商周，二〇一九）、《筆花盛開》（臺北：聯經，二〇二〇）等，全都是紙和筆，而筆落紙上，盛開墨色繁花，紛紛開且落，是書法之美，也是連珠綴玉而成的美文。

《墨色繁華》為《紙上太極》的增訂版，所增甚多，故而另訂集名而重編之，略分五輯：「書法與日常修行」、「感受紙筆墨韻」、「技巧與風格」、「文人與書畫」、「書法有江湖」等，寫人、記事也論藝；另外就是與書法有關的紙、筆、墨、帖等材料，他也有所著墨。我對於他談「淨心」、「專心」、「調和身心」，談書法的「感性與理性」，談尊師，談書法的江湖規矩，特有所感。我年輕時練字沒持之以恆，不能成家，但我對於我的書法老師的教誨，數十年來未嘗稍忘。

吉誌曾任職報社、出版社，專司編輯之事，為自己編書，內外兼顧，形神雙美。他大學讀的是食品科學，專業只用來養生，他雅好書畫，磨劍有成，以書法為業，經之營之，是可大可久的人文偉業。

推薦序

肯把金針度與人

新光醫院前精神科主任
張尚文

侯吉諒老師以瘦金體聞名於世，其實侯師書藝兼擅各體，非獨瘦金而已。我初覺他的瘦金體中隱含〈蘭亭〉筆意，如羲之的曠逸舒如，而不似宋徽宗的尖利峭拔。後兩次看他當場揮毫，端正嚴整，實化歐陽詢〈九成宮醴泉銘〉於其體式中，成其個人風格。

其後親聞侯師自述，於〈蘭亭〉、〈九成宮〉，都花了二、三十年的臨帖功夫，才臻此化境。侯師又說：「一般人寫字，總是用盡方法去控制毛筆，真正高手則是發揮筆性。雖然是以手控筆，寫的時候往往是筆帶鋒走，筆鋒起落轉折之際，往往可以達到手中無筆的境界。」於此可見侯師於書藝一道，用力之勤，體悟之深。

何懷碩先生曾論侯吉諒師：

他精通古典與近代詩文、書法、繪畫、篆刻，為難得一見之全方位創作者，博雅的文學修養，喜愛攝影、音樂，長期接觸中西方各種藝術，作品中具深入古典且極為強烈的當代意識，別具溫潤的風姿及驚人的創造力，融合詩書畫印、文學「五絕」藝事，實踐會古通今，成為其創作風格與特色。

詩書畫印、文學「五絕」外，侯吉諒老師近年更以書法教學聞名華人世界。侯師曾說：「我『真正』了解『筆法』，應該是從親眼看到臺靜農先生寫字開始的。」親見臺先生運筆行書，又進入江兆申先生門下，親炙兩位大師的教導影響，日後侯師於筆法「力道的大小、筆畫的粗細、速度的快慢、筆畫的形狀等等」，莫不著意揣摩，有得於心。而他多年的教學經驗積累，於漢字結構理論、技法分析，旁及筆墨紙硯、詩詞歌賦等相關研究，組合成相當龐大的體系。

書道一藝除書家的技巧功力，與所用筆墨紙硯也頗有關係。不同的字體，所用的紙墨不同，尤其所用的毛筆也要不同，才能寫出那種字體的轉折鋒勁筆意。這一層認識，前人已少有人論及。至於時代藝文體例的相合，瘦金體就是要寫宋詞才能合拍，顏真卿、柳公權的字就適合來寫唐詩，所見極為精到，發前人所未發。這都是浸淫書道幾十載，又於文學藝術都能透入的詩人書畫家，才能有的體悟。

侯吉諒老師於書法創作教學之餘，一直希望能將他多年體悟的學習經驗創作心得，以科學的精神來建構漢字與書法的「美學原理」。《墨色繁華》就是他多年來書法相關美學文章的結集。「學習金字塔」的理論指出，聽講、閱讀，學習的成效只有百分之五到十。一項技藝能有百分之九十以上的學習效果，就要應用所學知識教導他人。侯老師創作之餘的教學經驗，使他對書道不僅知其然，並且知其所以然，發而為文，當然層層透入。《墨色繁華》不僅於書法學習，連同書法鑑賞，都提供了一整套科學美學的系統論述。侯師創作教學而外，還心心念念要用「感性的文學筆法，讓大家更易於理解書法的種種境界，進而提筆寫字，體會流淌在筆墨之中的靈動氣韻與奧妙境界」。

如此金針度人之心，化作《墨色繁華》一書。有志有興於書道者，擁此一冊，如入寶山，如得祕寶，必能一窺書道之堂奧與學習鑑賞之祕法訣竅。

推薦序
爲筆墨唯心

中興大學中文系教授　解昆樺

書法之為藝，自乃是其於筆墨縱橫之間，所存有其間藝術美學之境地。只是往往浩言長篇，仍有言不盡之意與藝。甚且讓人頗有羚羊掛角，無迹可求之浩歎。

然則，書藝會心之處，真不可名狀？或有需要進行言傳嗎？我以為：可以，且有其需要。

稍援借中國明代之解縉《春雨雜述．評書》：「學書之法，非口傳心授，不得其精。」這其中的細節應當為，由傳藝老師口說傳講，親自示範，學生方能心領理解，並且落實習練。

因此書藝之教與學，需要言語，需要言說，方能得其精妙訣竅，在腕指間通心運筆實踐，使筆墨有神。然而，不可諱言，善書者，未必善言；而言語說出，又不如文字寫下，更讓人可反覆咀嚼琢磨——侯吉諒老師既為書法家，亦為詩人，在《墨色繁華》中設喻說書藝，可謂精彩具體，例如言泡筆靜心處：「當如觀音手中的柳枝，把瓶中的淨水灑向眾生，醍醐清醒諸多貪嗔癡愚。多看一眼毛筆如何在水中復活，寫字便多一分溫柔。」言學書法之臨摹練習所存在的技術鍾鍊，更富層次推進地譬喻指出：「技術的鍾鍊要靠大量的集中火力的練習，像大火燒開水，要在最短的時間內加溫至沸點；時間的沉澱如釀酒，要用漫長的時間讓酒液醇化，讓書寫的功力『內化』為修養與習慣。」讀侯吉諒老師對書藝的描述文字，一般有志於書藝者，能據之於實務書法練習中，予以對照、重讀、再思，精進書藝。

在侯吉諒老師種種設喻說明中，我覺得最能細緻說明筆墨書寫之際，那身體肌理運動美學處，乃是：「書法是紙上的太極，無動不舞，無往不復，一筆一畫都是力量的初生、推衍與回收。」以太極說書藝身體運動，為侯吉諒老師持之一貫的體證，在〈書法如道．定靜生慧〉處，有更細節的描述：「真正專心練過書法的人，都一定會有忘我的體會，一切的色聲香味都虛之無之，眼耳鼻舌皆不見不聞，眼前只有毛筆的運動，柔軟的紙張上留下烏黑飽滿的墨跡，空白無字的紙張像天地玄黃、像宇宙洪荒，而毛筆接觸紙面的瞬間，就是無中生有，天地從此有了寒來暑往。但專心寫字的人對這一切的生發變化都只是順勢而為、應運而生，因為寫字的當下往往沒有『我』的意識。」

此處乃說習練書法時，其專注如佛門坐定。坐而定，定而專注，投入書寫活動中，就只看筆墨之運動，如何在空白紙張上一筆一墨的發生。此亦為格物致知，溝通於天地萬化之生成，如前所謂太極生生。在這份專注中，我發生筆墨，卻又忘我——特別是剔去生命中的雜思煩惱，得到自我可為美學生成的主體感受。正由此，主體生命的意義境界才開，而不僅止於肉身飽足貪饜。

在言書法如何定靜時，侯吉諒老師雖借用禪宗，但又能細部釐清禪與書法間空／有之同異辯證，理性精神在此，使得書藝說明更得思想聚焦。由此，書法連動道心，書藝的鍛鍊，正也同時成為修行精神境地的方法。一如泠然古琴，亦可為道器。

《墨色繁華》中雖細緻說書藝身體美學，但並非故弄玄妙。書中亦細談書藝如何幫助兒童教育成長；比對手寫與電腦打字如何影響人記憶力發展的關係；甚至亦有書寫時於不同季節、時令之感受，以及適應的字體，不同字體如何與「身體—時序」之時間感協同連結。

侯吉諒老師為我師執輩詩人，我有幸拜讀老師之《墨色繁華》，亦以學生身分理解、追蹤老師筆墨寫字時，心神美學的拓展細節。我多次因現代詩、詩手稿學研究者問道於侯吉諒老師，老師之書齋成為我歷年從事文史田野調查以來，最獨特的場所境地。老師書法創作之桌案前一隅，便是電腦，可以想見老師如何在書藝習練之際，一有寶貴心得即予以文筆記錄。《墨色繁華》一書正也是侯吉諒老師筆墨心情、美學修行的田野紀錄，容我們細細於其間遊歷領略。

自序

單純墨色，意外繁華

《墨色繁華》是二〇一三年出版的《紙上太極》增訂版。《紙上太極》在兩岸、海外都有不錯的銷售成績，因出版時間比較早，實體書店已不容易買到，網路書店甚至標明「絕版」，對一本深受歡迎的書來說，這實在有點不妥，所以安排重新出版。

按照書籍市場的慣例，舊作再版最好有所增訂，未料編輯加入的新作字數，已和舊版相當，沿用舊書名似有不妥，因而另名《墨色繁華》。

書法以墨色表現為尚，在單純的墨色裡開展出來的，卻是異常繁華的世界。

我「專業」從事書畫創作教學，到今年剛好滿二十年，二〇〇四年離開原本的工作，有朋友建議我不要再找工作，應該專心發展創作，思考數天，決定給自己一個機會試試看。

在臺灣，要靠創作維生很困難，我原本就深刻明白、不敢輕易嘗試，但若等到退休才做，或許動機不強、或許意願不高，可能也不會有什麼成就，何不趁年輕（其實已經是中年）努力看看？

開班授徒教書法是一個方法，寫文章出書也是不錯的方向，所以我開設書法班、撰寫書法相關的書籍，兩個方向都有很好的回饋。

教書法最大的收穫，是有機會重新整理我自己的學習經驗，以及長年沉澱書畫創作的心得感想，再加上教學時觀察學生的學習情形，意外得到許多未曾想像的經驗，也讓我對漢字與書法的「美學原理」有更廣泛而深入的思考。

書法之美，歷來已經有太多書籍、文章闡釋，可惜的是大多不能深入淺出，有的甚至虛言浮誇、不知所云，對理解書法毫無幫助。

我對書法本來就有一套滿「科學」的看法，也不乏感性的體悟，在教學過程中，逐漸完備了我的漢字結構理論、技法分析，再旁及筆墨紙硯、詩詞歌賦的相關研究，組合成相當龐大的體系。

我一邊出版談論書寫技法的書籍，一邊撰寫與書法相關的美學文章，《紙上太極》即是這樣的結晶。出版時我已經「專業」從事書畫創作、教學十年，果真是「十年磨一劍」，其中辛苦不尋常。

無論技法實作，還是美學感受，我都希望可以提供讀者一種最直接的知識學問，務求簡單、明白，沒有模糊不清，不會誇張虛言；當然也不會用過度簡化的方法，讓讀者誤以為書法的書寫、欣賞是非常簡單的事。

書法從來不是簡單的事，書法一直都是千百年來最聰明、最有智慧的讀書人，一輩子努力、研究、樂此不疲也永無止境的事，如果可以把學習、教學書法的經驗心得完整表達，能夠幫助讀者建立正確的觀念態度，應該也是功德無量。

所以《紙上太極》出版後，我對書法的思考、研究、探索並未中止，相關文章也就源源不斷，因此在新版的《墨色繁華》中，有大量的新作可以加入。文章雖有先後，探討的方向則一，總之是希望可以和讀者分享我在書法方面的心得、經驗，也可以引導有興趣的讀者進入書法這個墨色單純，卻意外繁華的美麗世界。

前言

雲深不知處——書法的境界

現代人雖然已經不寫書法，很多人可能一輩子也沒真正練過書法，但幾乎每個人對書法都會有一點自己的看法。

這是非常有趣的現象，原因或許是，漢字是華人每天使用的字體，大家對字體的好壞高低都有一點基本的認識，所以都可以提出一點自己的看法。

然而事情的確如此嗎？

我常常說，書法雖然是白紙寫黑字，但其中的技術、境界，卻不見得可以一目瞭然，甚至欣賞書法也要下一定功夫去學習。

不是寫了書法就一定能了解書法，如果沒有開闊的胸襟，一樣會視而不見。很多人學了書法，卻與書法之美愈離愈遠，因為學了書法之後，反而對書法有了偏見與執著。

古人說：「善書者不鑑。」意思是，會寫字的人，不會鑑定書法。起初無法理解，後來才慢慢領悟，原來寫字的人很容易對他熟悉之外的風格存有偏見。

更多人學寫字，只是學到了種種偏見與偏執，如同次宗教團體的信仰，總是以誇大的姿態說自己才是活佛轉世、未來的救世主。

學顏真卿的人會覺得趙孟頫的風格太柔媚，彷彿天地之間只能容納顏真卿那種雄渾磅礴的書風。而擅長晉人風流筆法的人卻覺得顏真卿的字太過拙劣，不堪入目。

趙孟頫的書法是元朝至今最好的字，但明末清初的「天下第一寫家」傅山對趙孟頫卻深惡痛絕；北宋的書法家們極度崇拜顏真卿，而米芾卻痛斥顏真卿的楷書為「後世醜怪惡札之祖」。書法之難懂，由此可見一斑。

唐朝大書法家孫過庭在《書譜》中說，人們對書法的認識是：「聞疑稱疑，得末行末；古今阻絕，無所質問；設有所會，緘祕已深；遂令學者茫然，莫知領要，徒見成功之美，不悟所致之由。或乃就分布於累年，向規矩而猶遠，圖真不悟，習草將迷。」可見古人對書法之美的理解，一樣未必能夠掌握。

無論如何，學會欣賞，總是了解書法的第一步。

三十餘年來，我每天臨習書法，無時無刻都在思考書法的諸多精微幽妙的道理，還是常常覺得書法之美有如「雲深不知處」，其深奧幽遠，真可以說讓人探索不盡，妙趣無窮。

這些年來，我寫的幾本關於書法學習的書，在兩岸三地都獲得很大的迴響，可見書法的學習，並不因為電腦網路與手機的流行而被時代淘汰，反而更因為寫字機會的減少，大家更嚮往動手書寫的快樂。因而我也希望能夠傳達這種書法的美感與快樂，一同與讀者們分享，無論有沒有學習書法，每個人都可以感受書法之美。

這本散文集以書法欣賞為主題，我希望以較為感性的文學性筆法，讓大家更易於理解書法的種種境界，進而提筆寫字，體會流淌在筆墨之中的靈動氣韻與奧妙境界。

書法是紙上的太極，無動不舞，無往不復，一筆一畫都是力量的初生、推衍與回收。（陳勇佑攝影）

輯一

書法與日常修行

紙上太極

一、磨墨寫字

寫字，從磨墨之前的倒水開始，就要有清淨之心，也要有雅潔之意。磨墨倒水，要用水滴細注，水在硯堂如露珠在荷葉上凝聚成珠，如心神的專注。

磨墨容易，也不容易。只要墨條好，總是可以磨得黑，然而墨要磨得細緻，要有輕風拂花的心情，要有力透硯面的巧勁，旋旋而轉，如熱釜融蠟，把所有焦躁、不安、雜思、異念，都緩緩磨進烏黑發亮的墨液之中，像煥發而內斂的精氣神。

磨墨，把所有焦躁、不安、雜思、異念，都緩緩磨進烏黑發亮的墨液之中，像煥發而內斂的精氣神。（陳勇佑攝影）

磨墨如打坐，然而打坐卻容易雜思不斷；磨墨則專注於水、於墨，一兩分鐘就可以進入寫字的狀態。

現代發明的墨汁太方便，因為方便，所以容易隨便，隨便就容易散漫，不能起敬重之心，寫字也就等而下之了。

二、泡筆淨心

當乾燥的筆毛在水中散開、潤化，緊繃的心境也隨之清涼柔順。寫字要靠毛筆，而使用毛筆要靠敏銳溫潤的心情。乾燥的筆毛浸潤之後，像茶葉一樣在水中舒展，恢復了生命，散發光彩。

書法以晉人行草最為「風流」，風流者，如風般地流動也，每一根細逾髮絲的毫毛都必須隨著書寫者的手勢，而在筆畫中流動，流暢、優雅、輕風一般的溫柔。

把乾燥的毛筆泡入清淨的水中，是一種清淨身心的儀式，當如觀音手中的柳枝，把瓶中的淨水灑向眾生，醍醐清醒諸多貪嗔癡愚。多

當乾燥的筆毛在水中散開、潤化，緊繃的心境也隨之清涼柔順。
（許映鈞攝影）

看一眼毛筆如何在水中復活，寫字便多一分溫柔。

三、筆下含情

書法就是寫字，但也不只是寫字。

古人寫字最媚的大概是趙孟頫。媚者，妍也，嫵媚有致，不是媚俗的媚，古人形容王羲之的字也是用「媚」字，是後來的人對媚的字義發生改變，才有貶低的意味。明末清初，有人認為王羲之的字「沒有丈夫氣」，那是因為不懂媚字的字義演變。古人有許多書法觀點都是錯誤的，讀書要如深度呼吸，常常吐故納新。

趙孟頫的字有一種天生的貴氣，一切喜怒哀樂、窘窮憤懣，都可以被他寫得雍容華貴。人生豈是沒有苦難？筆墨中怎麼可能沒有滄桑？而趙孟頫依然從容以對，那是天生的華貴之氣降伏了內心的苦惱。

晚明的傅山瞧不起趙孟頫，但又忍不住學趙孟頫，學了以後又說，不過爾爾，如同董其昌一輩子都在吹噓自己比趙孟頫高明，傅山狂鬱、董其昌淡雅，卻始終在趙孟頫的優雅中俯首。

趙孟頫的高貴優雅來自高明的技巧，更來自寫字的心境如不染的白紗，無風自動，而丰姿婉約。

但趙孟頫的優雅不免也成為一種束縛，真正可以做到筆隨心生的，還是王羲之。孫過庭的《書譜》說王羲之「寫〈樂毅〉則情多怫鬱；書〈畫贊〉則意涉瑰奇；〈黃庭經〉則怡懌虛無；〈太師箴〉又縱橫爭折；暨乎〈蘭亭〉興集，思逸神超；私門誡誓，情拘志慘」。簡單而言，就是隨著心境的不同、寫字的內容不同，而有不同的書寫表現。

筆隨心生，本來是一種極其自然的心理、物理反應，也是書法成為藝術最珍貴的因素，歷史上的任何一位書法大師，莫不具備這樣的能力，即便是憂國、憤懣如傅山，他那粗服亂頭式的筆法與章法，不也在在反應了他身處變異時代那種進退失據的慌亂與堅持嗎？

再說同樣以狂草名世，卻背負「貳臣」惡名的王鐸，看似豪邁瀟灑的筆法，其實也是洩露了在改朝換代的大時代中，道德、人格、氣節、富貴、取捨都進退失據的狂躁不安。

毛筆寫的，往往就是心情與心境。弘一大師的書法用筆走向極簡，沒有了筆法的起承轉合，一筆一畫都相中無相，但說是無相，卻也盡是弘一的本相。

四、紙上太極

為什麼王羲之很厲害？因為他寫字從來不隨便。古今書家難免有敗筆，王羲之筆筆精到。

現代人學書法，無非是想要學一手好字，卻不知，沒有端正的心，很難寫出好字。

柳公權說「心正則筆正」，我其實不喜歡那樣的道貌岸然。寫字需要的只是敬重其事的正心誠意，以及態度端正。

心正不一定筆正，但姿勢不佳，寫字必然落入偏格。姿勢不對，視線就不對，橫直都會變形。寫字最好的姿勢，如佛像安坐垂目，雙手自在如環抱太極。在這樣的姿勢中寫字，最舒服自然，當然寫字的時候右手自然稍向右移，在右胸口的位置，舒適自在，也不會擋到視線，左手左移輕按紙張下角，整個寫字的姿勢如太極拳的起手招式，輕鬆但端莊。

寫字的姿勢像太極，寫字的過程，更像太極。

書法是紙上的太極，無動不舞，無往不復，一筆一畫都是力量的初生、推衍與回收。

千百年後，凝視王羲之的〈蘭亭序〉，仍然可以感受王羲之筆尖每一個纖細的動作。永和九年歲在癸丑，那永字的一點如凌空而來的風聲，碰到紙上的纖維，順勢微微迴轉，太極雲手般地向右下沉去，力道隱含未盡，單鞭蓄勢，繼續向左緩緩推出……光是那麼一點，可以領略的內涵，用十年時間去理解都不嫌多。

光是這麼一點，古人花的時間豈是十年。從王羲之的老師衛夫人的〈筆陣圖〉開始，到歐陽詢的〈八法〉，這點竟然如高山墜石，在數百年的時間緩緩落下，而又落之不盡，再用數百年時間，到了明清之際，依然轟然響動，若暮鼓、若晨鐘，在宣紙上其默如雷。

但世俗之人總是只看到點畫與筆勢的漂亮與瀟灑，便以為參透了毛筆的天機。

書法的天機如太極，一陰一陽的起承轉合，卻包涵了四季的輪迴、晨昏雨晴的變化，沒有起始，也沒有終結。

如同王羲之在〈蘭亭序〉的感慨那樣，今之覽者，亦由昔視今，而後之覽者，也同樣會有感於斯文，正如書法的力道起始映帶，總是朝向下一筆、下一字運動。

或有觀者會問，如果沒字了呢？筆勢朝向何處？朝向時間的無盡之處。

朝向不知何時何地觀者的眼神。

侯吉諒書於各種紙張上的〈蘭亭序〉。

書法如道

一、定靜生慧

古人以書法為識字之始，要求學童啟蒙的時候要每天「寫大字」，培養耐心、陶冶性情。

現代人則注重兒童的才藝培養、潛能發揮，表面上看起來是殊途同歸，其實在根本做法上就已經背道而馳。

一般來說，小朋友除了天性的內外向之分，一般都活潑好動，天真無拘束，因而如何讓小朋友安靜下來，是很重要的事。

小朋友天真活潑，但諸多感受、表達的能力尚未發展完成，讓他們安靜下來做一件事，例如畫畫、做陶藝、寫書法，都對他們理性、感性的感受、表達能力有幫助，俗話說，就是愈來愈聰明。雖然聰明不等於智慧，但可以幫助小朋友成長，功用何其重大。

「定靜生慧」是很容易被忽略的老話，但卻是顛撲不破的真理。佛家說坐禪、道家講打坐，都是安定身心的法門，由禪悟空、從坐入虛，而後智慧生焉。

這裡所說的智慧，不是什麼人生的大道理，而是覺知生命本質的能力，所以佛家只講智慧，卻未說明智慧是什麼，道家講悟道，但道可道，非常道。

智慧的啟發是只能意會、很難言傳，更難教、授，只能引領學者親自體會。坐禪與打坐都是極深奧的事，因為人不容易專心，不專心就是有雜念，所以才需要念佛、持咒、觀鼻、觀心這些步驟來進入禪、坐的忘我境界。

忘我之思、忘我之身、忘我之念、忘我之想，只純然像一個非我的存在，而後人的理性與感性像磁碟重整般，清出多餘的垃圾、重新排列歸納零亂的碎片，這才能夠空出心靈的位置，容納智慧的發生。

這正是學習書法可以修心養性的原理。真正專心練過書法的人，都一定會有忘我的體會，一切的色聲香味都虛之無之，眼耳鼻舌皆不見不聞，眼前只有毛筆的運動，柔軟的紙張上留下烏黑飽滿的墨跡，空白無字的紙張像天地玄黃、像宇宙洪荒，而毛筆接觸紙面的瞬間，就是無中生有，天地從此有了寒來暑往。但專心寫字的人對這一切的生發變化都只是順勢而為、應運而生，因為寫字的當下往往沒有「我」的意識。

寫字的當下沒有「我」的意識，但一個人的生命、修養、喜怒、哀樂，都透過筆墨、轉化為字跡，在紙上靜止地流動。

二、潛移默化

寫書法可以怡情、可以養性，是一種修養，也是一種修行，能夠潛移默化一個人的性情。

學書法、寫書法，最重要的，是要始終保持對書法和對「寫書法這件事」的誠敬之意，不能因為稍有所得就自大自滿、或輕佻輕浮，一旦心態不正，努力亦無用。

學書法唯一的途徑就是臨摹經典，經典的臨摹往往必須終身奉行、反覆練習。為什麼要反覆練習？因為需要技術的精純錘鍊。為什麼需要終身奉行？因為需要時間的累積沉澱。

技術的錘鍊要靠大量的集中火力的練習，像大火燒開水，要在最短的時間內加溫至沸點；時間的沉澱如釀酒，要用漫長的時間讓酒液醇化，讓書寫的功力「內化」為修養與習慣。

書法史上任何一件經典作品，都是歷經千百年時間淘汰的結果，時間淘汰了什麼？時間淘汰了一時的潮流、一地的流行，甚至淘汰了道德教化，淘汰了時代的好惡，留下的是符合千百年美學規範的經典意義。這樣的經典意義雖然一望即知，精微奧妙之處卻不易體會。

顏真卿像金庸武俠小說中的大俠郭靖，寫字老老實實，一招一式練久了，自成氣候。歷史上有太多書法天才，顏真卿完全不能算天才，顏真卿比較像軍人，寫字嚴謹有規矩，一筆一畫都老老實實像在練習立正稍息。天才往往得到很多讚美，不是天才的書法家卻創造出了典範，顏真卿就是那個典範。

顏真卿的書法看起來容易，學起來困難，難的是自始至終都要有敬意、誠意。立正稍息看起來很簡單，要定靜不動卻氣息充滿，內在的精神要從筆中衝向紙面，如忠義貫日月。

顏真卿用他一輩子的忠義在寫書法，像郭靖的降龍十八掌，用一輩子的憂國憂民在練功，沒有那一輩子的用功，何來潛移默化？

三、傳道授業

昔日社會武術流行，江湖門派、武館招生，入門的第一件大事就是磕頭拜師，要終身奉行的第一戒律，就是要尊師，其中大有深意。學書法亦應如此，不能尊師，師生之間彼此提防，各有心機，師者豈能傳道、授業、解惑？而學者豈能接道、納業、釋疑？不能也，故教之無心，學之不能。

傳統技藝特別講究尊師重道的原因，任何一門技藝要到達巔峰，就必然要「技進於道」。

道，道路也、方向也。道就是你的頭腦（首）要前進、行走的方向。師者所傳，就在這個方向而已。耶穌的話是真理，佛陀的話是至理，他們說的，也就是心的方向而已。雖然說是而已，如果受教的人不在乎、不聽話，後面再多技術的修行都是白費，因為方向錯了。

人之初學如宇宙洪荒，天地四方要身向何處，端視老師的指示。書法之道博大精深，整個中華文化的所有一切，待人接物的道理，尊師重道的誠敬，詩詞繪畫的美，茶、酒、飲食的享受，服飾、音樂、舞蹈、園林建築的精緻，醫學、武術的玄奧……都透過書法來記載、來傳承。現代人學書法只學技術，如練太極只打架式，樣子唬人卻不堪一擊，老師不說破，學生一出去江湖歷練，一拳就被打死了。

老師說破了，學生程度未到，還是聽不懂。所有的年輕人都討厭父母囉嗦人生大道理，父母如果不是吃過苦頭，就囉嗦不了什麼大道理，年輕人總是得親自經驗了，才可能想起父母曾經告誡的經驗。所以學生聽話很重要，懂，要記得，不懂，也要記得。重要的是，不能把老師的話當作耳邊風，學生聽過就算，老師以後不會再說。

師者，傳道授業解惑也。傳道，傳遞心法方向；授業，教授知識課業；解惑，解決迷惘疑惑。傳道、授業是教導正確的觀念和方法，解惑，是解決錯誤的迷惑。有效的教學，必然包括正確學習和錯誤排除。如同醫生問診開處方，如果學生不能敞開心胸，老師再高明，即使能夠教授正確的方法，也無法糾正錯誤心態下發生的種種「暗疾」，學習的效果必然大打折扣。師者有意，而學者無心，不如不學不教。

書法是一門博大精深的寶藏，如果只學寫字的技術，就如同在大山大海之中迷途於小花小草，老師隨手一指，可能就是雲深不知處的境界，即使看不到，也要心存敬畏與嚮往。

沒有這樣的敬畏與嚮往，走進書法的大山，便只有迷途而已。

禪與書法

一、書法的無限抒情

古人談論書法可以達到的境界，以韓愈〈送高閑上人序〉最為透徹淋漓：

張旭善草書，不治他技。喜怒、窘窮、憂悲、愉佚、怨恨、思慕、酣醉、無聊、不平，有動於心，必於草書焉發之。觀於物，見山水崖谷、鳥獸蟲魚、草木之花實、日月列星、風雨水火、雷霆霹靂、歌舞戰鬥，天地事物之變，可喜可愕，一寓於書。故旭之書，變動猶鬼神，不可端倪。

韓愈談的，是張旭個人草書可以達到的高明境界，但這段著名的文字後來被廣泛引用，變成書法功能的神奇描述——書法不但可以追摹萬物複雜豐富的形狀，更可以傳達內心幽微幻變的情感，為書法的創作與欣賞之間，開展了無限寬廣的可能。

韓愈並不是第一個這樣高度推崇書法功能的人，在他之後，也有無數的書論，在書法境界與生命情調的互相驗證、啟發上大作文章，不斷深化書法的藝術性與內涵性。書法可以傳達的境界，也因而成為判斷書寫者成就的最高標準。

但必須強調的是，沒有超凡入聖的筆墨功力，固然不可能寫出張旭那樣精妙的書法，而沒有淵博高明的學問，也不可能體會出韓愈深刻的感受。

古人日常用毛筆寫字，文人們每天與書法為伍，比較容易深入了解書法之美。現代人對毛筆非常陌生，偶爾接觸毛筆和書法，其實沒有多少能力和機會能理解書法之美。

更何況古人判斷書法的標準，基本上使用的都是抽象與感性的描述，加上文字本身的多義抽象，也常常讓這種書法境界的描述淪為華麗而虛玄的辭藻，不但不能增加人們對書法的正確理解，更加深了一般人對書法的隔閡與誤解。

二、禪與書法，同中有異

最常見的，是禪與書法的混雜一談。

書法的書寫狀態和作品表達的意境，有許多的確是不容易表達或說不清楚的，例如寫書法時專注的心境、體會，以及在那種情態中所表現出來的藝術性與境界，都很難用一般的詞彙傳達。而禪，剛剛好可以拿來借用。

禪是佛教傳入中國後最本土化的變異，尤其六祖惠能主張人人皆有佛性，強調不必苦修、只要頓悟，都可以「見性成佛」，禪之一字，

筆隨心生，本是一種極其自然的心理、物理反應。（黃亭珊攝影）

因而成為含義極為複雜、神祕與具有超強能量的字眼。

更何況，宋朝以後的文人大多有各種程度的參禪經驗，黃山谷、董其昌都曾經以禪論書法，並且用禪的術語、境界來解釋書法最核心、最高明的意境，禪在書法史的發展過程之中，的確占有非常重要的地位。

禪與書法，皆屬抽象的思維與抽象的藝術（或美感），的確是相得益彰。

書法是所有藝術類型中，最「直見性命」的藝術，在書寫的當下，完全呈現書寫者的心性與情志，不可重來，也無法複製，書法的創作因而與生命的體悟息息相關。無論在本質、修為或表現，書法與禪，的確有許多共通的精神。

但是，過度強調書法與禪的關係，有時候不免失去焦點，甚至過度渲染。

古人向來把書法看作修心養性的有效途徑，寫字時所需要的專注，以及因為專注所產生的「定靜生慧」的實效，也因此成為現代人學習書法的重要原因。

書法既然與修行相關，也因此又成為佛教樂於提倡的修行法門，其中又以抄經為佛門信眾修習書法的終極目標。

然而現代人多半沒有使用毛筆的能力，因此許多佛教道場開設的抄經堂或類似課程，便改用硬筆寫經。尤有甚者，為了抄件的整齊美觀，乾脆用印了淡字經文的紙張，讓信眾照描。

三、專心寫字，定靜生慧

現代人抄經的目的，應該是增加對經文的記憶與理解，但使用硬筆、用印有淡字經文的紙張，卻很容易讓抄經淪為無意識的描字，如同有口無心的念經，意義不大。當然，抄經的儀式感所引發的莊重心境，的確彌足珍貴。

毛筆是很難控制的書寫工具，要用毛筆寫出筆畫乾淨、結構美觀、排列整齊的字體，非常困難，沒有一千小時以上的練習，基本上無法掌握用毛筆書寫的技術。

即使不管筆法是否正確，光是用毛筆寫出乾淨的筆畫，就非常困難，沒有非常專心書寫，不可能用毛筆寫字。

因為用毛筆需要專心，加上書寫速度相對緩慢，因此書寫就成為一種深度的閱讀，長時間面對一段文句所產生的理解力，絕非是光用眼睛看過就可以相提並論的。

現代教育多強調理解與啟發，但是也因而偏廢記憶的必要。記憶是深度理解的基礎，對文字不能記憶在心，就不能隨時反芻文字的義涵，對精義玄奧的經典而言，記憶背誦、手抄默寫，是不可忽略的必要途徑。

用毛筆抄經需要專注，因為專注讓身心安頓下來，身心安頓會產生類似打坐、禪修那種物我兩忘的境界，因而會引發一種常人無法理解的定靜生慧的能量。書法與修禪，當功夫到了相當深度，確實有類似的效果，也難怪許多人喜歡把禪和書法相提並論。

用禪來形容不容易說明、解釋的書法，確實滿方便的。然而缺點也是顯而易見——凡是說不清楚的，或者想要唬人的，只要和禪掛上勾，就玄之又玄了起來。

一件技巧拙劣的書法，也可以被說得很有禪意。因為禪宗主張不必苦修，不要太多的清規戒律，不要任何繁複的表相，是一種從本質到外貌都呈極簡主義的宗教主張，而人們卻又可以從禪的領悟中「一超直入如來地」，這樣方便、超能的法門拿來說書法，實在是再方便不過。

於是，我們看到許多人動不動用禪說書法，有的人講到寫字之前，要打坐、平心、靜氣，以及放空世俗的牽掛與雜念，讓人覺得在寫字之時彷彿滿身佛光，已經達到一種超凡入聖的境界，而後才心無罣礙地下筆寫字。

我也的確看過書法家在現場揮毫的時候，總是先一身唐裝地盤腿閉目打坐，彷彿入定般不理會現場吵雜的喧囂，等到現場的觀眾終於在長久的等待之後安靜下來，書法家才慢慢從入定的狀態中張開眼睛，很有型地走到寫字桌前，在觀眾的引領期待中，大師般地提筆、沾墨、寫字。

這種表演多於書寫示範的場合屢見不鮮，講書法禪講得飛天入地的大有人在，凡此種種，不免褻瀆了禪與書法。

每次看到這樣的禪與書法，都讓人不禁搖頭嘆息，然而可笑也可悲的是，這樣故弄玄虛的禪與書法卻也總是吸引著大批信徒般的觀眾。

如果書寫書法的狀態進入高度專注，或許在某些方面的體悟和禪定是類似的，然而禪是一種主張完全放空人我眾生壽者諸相而後才能達到的境界，書法卻是完全專注在自己的意念當中，並且要把意念貫注在書寫的文字與行列之中，禪空而書有，兩者的專注在本質上是完全背道而馳的。禪與書法，追究其實，根本是兩碼子事。

當然，作為一種高度抽象、拋棄既有成規的思維模式，禪的創新精神，的確可以幫助書法家得到某種程度的精神解放，從而創造出某種境界的書法形式，例如弘一大師的書法。

然而在整個中國書法史上，有這種禪的境界與書法功力的，也不過就是弘一大師一人而已。但即使如此，弘一大師的書法，固然創造了他個人的特殊風格，但未必就有多麼高明的藝術價值。弘一大師的書法，畢竟是因人而重，而不在其書法造詣的高低。

所以，以我一己管見，書法就是書法，禪就是禪，兩者還是別混在一起相提並論，免得自欺欺人。

字如其人

有一次上課，我示範、修正了一位學生的字以後，跟她說：「喜歡一個人，就不要猶豫，要勇敢示愛。」

可能因為還有別的同學在，學生聽到了以後，沒有回話。過了一個星期，她終於私下問我，老師怎麼知道我最近在談戀愛？我說我不知道發生了什麼事，但我看得出來，妳的字裡有一股喜悅。

類似的事情，幾乎每次上課都會發生：學生最近的工作、事業、家庭有沒有煩惱，或者是有什麼好與不好的事已經發生、即將發生，我大多可以從學生寫的字和寫字的狀況中看得出來。至於學生常常覺得很厲害的、我何以看出他們回家有沒有練字之類的事，那就更等而下之，根本一眼就可以判斷出來。

一、書品與人品

常常有人問，從書法是不是可以看出一個人的性情？如果是，那麼從一個人的字當中，可以看出什麼東西來？

在以「犯罪現場」為主題的影集中，偶爾也會牽涉筆跡的鑑定，除了可以鑑定書寫習慣，還可以鑑定出一個人的性格特質。但由於都是比較片斷的推論，不明白其中的原理是什麼，所以難免半信半疑。

但以書法來說，一個人寫的字可以反映出他的性情，以及當下寫字的狀況，則是真實不虛。

古人講書法，最強調的不是技法，而是人品，所謂「書品即人品」，講的，就是一個人的人品高低，決定了他的書法作品好壞。

這種說法有一定的道理，但也容易泛道德化。例如趙孟頫、王鐸兩位書法大師，都因為在改朝換代的時候在新政權中當官，而受到極大的批評、攻擊。

但書法的確可以反映一個人的性格，《書譜》上說：「質直者則徑侹不遒；剛佷者又倔強無潤；矜斂者弊於拘束；脫易者失於規矩；溫柔者傷於軟緩，躁勇者過於剽迫；狐疑者溺於滯澀；遲重者終於蹇鈍；輕瑣者染於俗吏。」把個性與寫字的表現有了概括性的描繪，雖然不是很精密，卻相當準確。

以此推理，就可以了解書法如何表現出一個人的人品。顏真卿盡忠殉國，是歷代書法家的「氣節」代表，所以他的字也表現出和他的人格一樣雄渾磅礴的氣勢。文天祥的字，同樣有一種義無反顧的英氣。宋徽宗柔美的瘦金體古今獨步，表現了他的藝術天才，而作為「天下一人」的帝王性格，則在草書〈千字文〉中流露無遺。

為什麼說書品即人品呢？

書法是人類所有活動中，最需要專注的書寫技藝，因為毛筆很軟，必須高度的技術才能控制，所以寫字的時候一定要高度專注才能控制筆墨，否則即使是看似平凡的一筆橫畫也會寫不好。

因為需要高度的技術與專注，所以寫字時的任何一個動作，都會流露出寫字者當下的狀況。

韓愈在〈送高閑上人序〉中說，草書可以做到「喜怒、窘窮、憂悲、愉佚、怨恨、思慕、酣醉、無聊、不平，有動於心，必於草書焉發之」。

其實不只是草書，其他的字體也會有動於心，必於筆端發之。原因其實很簡單，因為專心致意，寫字的動作必然牽連著心緒的起伏。

但書法與人品的連結，有時也並不那麼準確，或者說，要靠閱讀者的仔細分辨，例如「北宋四家」：蘇東坡、黃山谷、米芾、蔡襄；其中蔡襄的位子，原來是蔡京的。

蔡京是宋徽宗時的宰相，書法寫得很好，宋徽宗還在當太子的時候，就曾經以兩萬緡高價買下蔡京的一件書法，宋徽宗當皇帝以後畫的〈聽琴圖〉，題款的人就是蔡京。宋徽宗是書畫高手，又是皇帝，要在他的畫上題款，蔡京沒兩下子是不可能的。

從臺灣故宮收藏的蔡京書法中可以看出來，蔡京的書法有獨到之處，其老辣典雅，不讓蘇東坡。

然而蔡京當了宰相之後幹了很多壞事，政事敗壞到後來國家都被金人給滅了，一路提拔他的宋徽宗還被俘虜，最後死在金國。蔡京如此禍國殃民，後人在定位書法成就的時候，他當然就被剔除了。

其實歷史上許多著名奸臣的字都相當有水準，南宋秦檜、賈似道、明朝嚴嵩，書法都很有名，而且也的確寫得不錯。原因說來也簡單，當大官的，不管好人壞人，都要有相當的聰明才智，寫字技術只是這些人的眾多才能之一，所以千萬不要以為壞人都不學無術，事實上，沒有大本事，還當不了大壞蛋。

二、手寫的奧祕

以前電腦應用不普遍，一般上課都是手寫做筆記，上課記筆記除了記重點，寫字的過程也是幫助記憶的重要方法。現在錄音、錄影的小機器很方便，很多人都用錄音、錄影代替做筆記，看似方便、周全，其實漏失許多重要的東西。

手寫筆記最重要的功能之一，就是在記筆記的同時，也會消化、整理資訊，那是一種心緒的高度活動，涵蓋了人們對資訊的記憶、理解、重組和整合，換句話說，做筆記這件事的表面只是記重點，但事實上卻是整個心靈、思緒、感情的密集活動。這有點像電腦的硬碟重整，許多原本雜亂無章的資料，整理之後，其中意義就浮現了。

手寫的過程和按鍵輸入也有很大的不同。按鍵輸入雖然方便、快速，但缺少手寫時文字與心境連接的功能，簡單來說，按鍵輸入比較偏向純粹的記錄功能，其他與心緒流轉相關的能力比較稀薄。至少，在我個人的書寫經驗中，這是很明顯的差別，所以，長久以來，我仍然保持手寫詩稿的習慣。因為寫詩的心緒比較多感性的跳躍與融合，寫字時中文文字的造型本身就和思想直接連結，所以寫字的同時，也是幫助心緒的流動和整理，按鍵輸入似乎比較沒有這種功能。

更嚴重的，當然是中文輸入法設計的偏差。

三、中文輸入法的危害

因為要用電腦鍵盤輸入，所以各種相對應的輸入法被發明出來，但大部分的輸入法都不合理。

中文是象形文字演化而來，字形、字義兩者是合一的，有車字邊的字，一看就知道是和車子相關的東西，有水字邊的，一定和水有關。所以中文的使用是字形、字義合一，字音、字義兩者的關聯較小，而大部分中文輸入法的設計都不合乎中文使用的邏輯。

漢字的使用，說和寫的方法，並不一樣。說話的時候，是字音、字義合一，甚至音先於義，從想法到說出口，一般是反射動作；寫的時候則是字形、字義合一，要寫的字，心中出現的是字的樣子，而不是字音。其中的原理也很簡單，說話是音，寫字是形，所以文字的應用在說、寫的時候並不相同。

鍵盤字根拆解、組合的輸入法，首先改變了人們對字體字形、字義的相關連結，要打出一個字，思路的運作已經有了組合字根、對應鍵盤位置的第一層妨礙，無論如何熟練，總是會改變原本是「思考／寫字」同時進行的狀態，鍵盤輸入不等於寫字，更不等於思考，從思考到打字，其中已經產生了太多阻礙。

注音、拼音輸入則更等而下之，因為注音、拼音輸入，把中文字的使用，從字形思考改變成拼音思考，違反了書寫漢字的習慣，如果再加上拼音不準確所造成的錯誤、修正，使得原來「思考／寫字」一體的思路不斷被拼音的錯誤和選字中斷，嚴重降低了使用中文時深入思考的能力。

人們在講話的時候固然音、義合一，但書寫的時候卻是形、義合一，即使是模仿音義合一的輸入法，也只能用拼音或注音的方式組合成字，違反了一字一音的基本原理，所以無論是注音或拼音輸入法，都會讓文字的使用以及思路、想法變得支離破碎。

拼音、注音輸入法最可怕的影響，就是同音異字太多，在選字的過程當中，產生了文字的歧義聯想，造成思路的渙散、不集中，甚至會被同音異字偏向、誤導。

學習書法要深入了解漢字結構中的各種奧妙之處，而不只是學寫字的技術而已。（陳勇佑攝影）

前幾年，教育部決定減少中文上課時數和古文授課篇數，許多關心臺灣學生中文程度日益低落的專家學者強烈反對，主張不能減少國文時數和古文篇數，某些學者老師在表達觀點的時候，遣詞用字甚至非常激烈，已經到了謾罵的程度。但是，這些專家學者其實並不了解學生中文程度低下的真正原因。

一星期多上兩小時國文、一學期多上兩篇古文，對學生的中文程度不會有太大的幫助。現在學生的中文程度不斷沉淪的原因，是學生族群大量使用注音輸入法。

國文教學問題非常複雜，無法簡單討論，但注音輸入法的影響顯而易見。注音輸入法不必學習，只要記得鍵盤和注音符號的相關位置，就可以立刻使用，長期下來，也可以像打英文那樣快速。然而，注音輸入法太多同音異字，學生們大多懶得選字，所以產生不少同音的錯字，錯誤的文字使用多了，正確的文字能力必然下降。再加上簡訊、即時通訊這類快速往返傳送的文字工具，大幅度增加了使用者語言、詞句的不完整應用，長期使用這些錯字、不完整短句的結果，當然就是中文程度的嚴重低落。

在一九九〇年代，電腦逐漸成為每一家庭的必備用品，我就開始呼籲，教育部要出面組織一個由語言學者和電腦專家的團隊，重新發明或改善適合中文使用的電腦輸入法，否則臺灣學生的中文程度永遠沒有辦法獲得改善。

可惜，有權力決策的教育部官員、學識淵博的語言學者大多年紀比較大，他們可能是從來不會電腦輸入的一群人，所以我的主張至今沒有被人重視過。然而幾十年過去了，臺灣學生中文程度的日益低落是再明顯不過的事實，而大部分人使用的電腦輸入方式，依然是那些違背中文使用習慣的輸入法。目前看起來，也沒有改善的可能。

所以，在許多場合，我總是提醒大家要用手寫記憶，不要太依賴電腦科技。

四、書寫是深度的閱讀

手寫對中文使用者來說，不只是記錄方便，而且同時進行資料的消化、重組與融合，寫字的時候，腦中同時進行的，是理性、感性的雙重整合。這種功能，遠遠不是使用拼音文字的人可以想像的。

手寫文字的功能已然如此，書法的書寫更是深邃。書法的書寫需要高度的技術與專注力，大部分人用毛筆寫字的時候也比用硬筆書寫緩慢得多，練字的時候要對一個字、一段句子、一首詩長期、重複地練習，在一筆一畫的書寫中，也就是文字的深度閱讀和理解。

我有一段時間以抄寫佛經作為書課的目標，而佛經中有許多文字的意義非常深奧，即使查閱相關註釋也很難理解，例如《金剛經》常常出現的句子：「若有想，若無想，若非有想非無想。」、「是諸眾生，若心取相，則為著我、人、眾生、壽者，若取法相，即著我、人、眾生、壽者。何以故？若取非法相，即著我、人、眾生、壽者。是故不應取法，不應取非法。」繞口令式的文句充滿了文義的立與破，即使反覆閱讀，也非常不容易理解。

然而奇怪的是，在抄寫的過程中，很多不明白的句子，慢慢就理解了。這樣的情形，在我臨摹《書譜》、《十七帖》這類的書法經典的時候，也時有發生。

這種緩慢而重複的閱讀經驗，對於把瀏覽當作閱讀的現代人來說，正是矯正對文字過於草率的良方。

許多資訊例如新聞，是可以「知道」就夠了，不必深入思考，然而諸多含意深廣的文字，例如經典與詩詞，只有在緩慢而重複的閱讀中，才可能產生理解與體會。這種深度的理解能力，運用在工作、生活、才能各方面，就是更為寬廣的智慧與能力。

因此，緩慢、重複臨摹字帖，正是一種深刻的閱讀。當我們臨摹蘇東坡自己寫的〈赤壁賦〉，可以獲得的理解深度，絕非閱讀印刷字體可以相提並論。

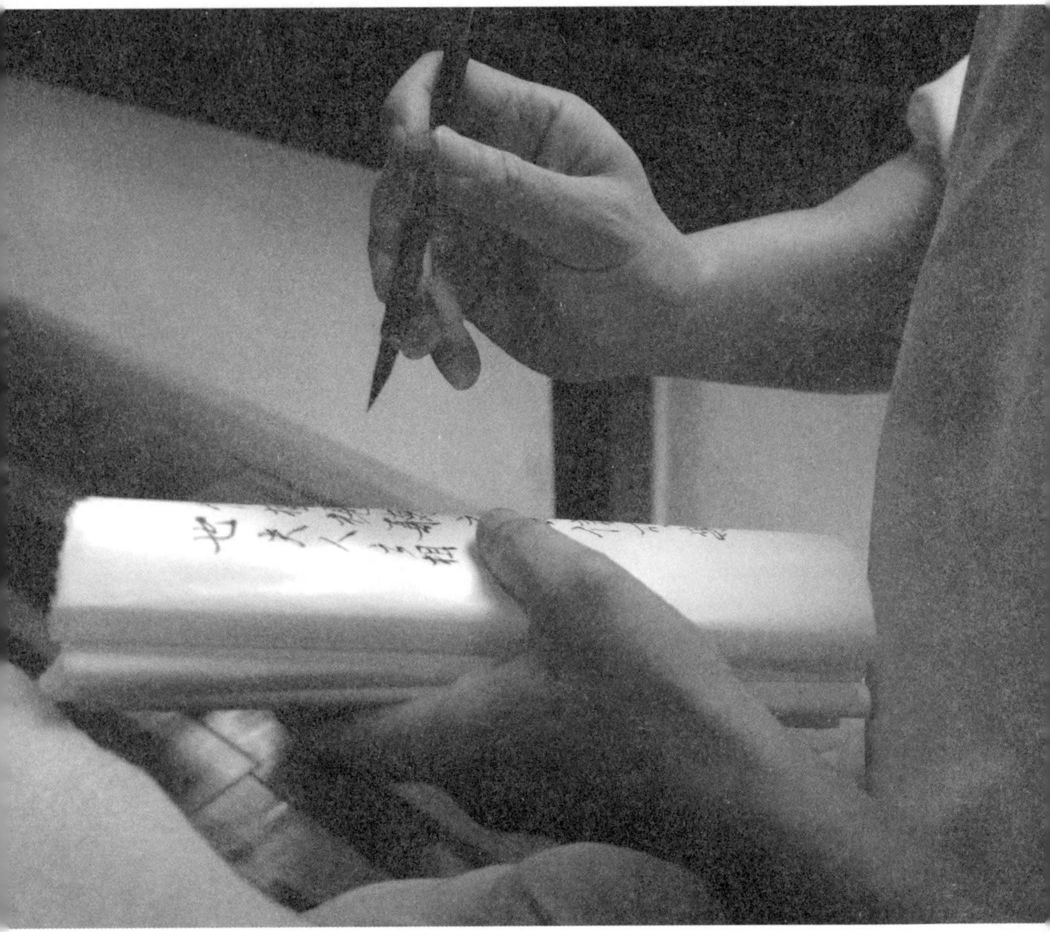

書寫是深度的閱讀。（陳勇佑攝影）

五、安靜寫字，調和身心

練氣功的人，在一定程度的練習之後，大概都會感受到氣在體內流轉的玄妙，一般來說，這稱之為「氣功態」。同樣的，寫書法的人，進入書寫的狀態時，也會出現一種我所謂的「書法態」。

一般總以為，寫書法可以修心養性，我卻覺得，要先修心養性，才能把書法寫好。如果不能心跳正常、呼吸平緩、手指穩定，就不可能寫好書法，不能寫好書法又要硬寫，難免寫得心浮氣躁，愈寫愈糟，愈寫愈糟就愈心浮氣躁，根本不可能修心養性。

古人常常說，寫字之前，要先摒除雜念、調和氣息、思考文字的意境、想像提筆寫字時的狀態，當身心都進入和諧的階段時，才開始沾墨寫字。可見，修心養性的功夫要在寫字之前，到了功力相當的時候，兩者才能互相提升。

古人的經驗說明了寫字的準備過程，正是修心養性的過程。

一旦進入「書法態」，這個時候寫字所反應的，就幾乎是整個人的身心狀態。一個人的個性、性格、情志、修養，一時的情緒、心境，甚至內心的愉悅與焦慮、悲傷與快樂，都會在筆下流露出來。

這種心緒的流露，正是一個人潛在情緒、思想的流動，也可以說是一個人內心的獨白。

現代人生活忙碌，很少人有難得安靜獨處的時候，因而難免思緒雜亂、情緒容易受到波動，安靜寫字正是調和身心、歸納情感、條理理智、簡約心緒的不二法門。從這個角度來看，在一筆一畫之中流露內心的幽微變化，也就沒有那麼神祕了。

書法的生活美學

許多人學書法的原因，除了有興趣之外，就是因為退休、暫時休業、等待出國、住得很近，或剛好有空等等，以上這些學習書法的原因，我稱為「人生的假目標」。

這類學書法的動機，都不是正確的、好的學習態度。

這樣學書法，因為出發點不對、態度不對，根本學不到東西。

書法是文化的基因，這是我們在電腦化時代裡仍然必須認識書法的最重要理由；而寫書法，應該是一種生活的美學。

很多人學書法只學一件事——寫字。寫字當然很重要，然而書法除了寫字之外，還有許多東西也很重要，甚至更重要。

寫字之前，要泡筆、要整理毛筆、磨墨、準備紙張、字帖，這些過程影響後面寫字的效果。如果筆沒泡好、墨沒磨好，根本不可能寫出墨色飽滿、不暈不滲的字，所以這些過程要慎重對待，要有如儀式，這樣才可以讓一個人進入準備寫字的身心狀態。

寫字之後，要整理寫過的紙張，標誌日期、記錄自己的心得、收拾字帖、墨條、清洗硯臺、毛筆，把寫字的地方，回歸乾淨整齊。

寫字所需要的工具——毛筆、紙鎮、筆山、水滴、小水匙、硯臺、墨條、字帖、紙張，更構成了一個完整的文房用品美學，透過使用這些東西的講究，讓人時時刻刻處於一種典雅精緻、安靜優美的視覺氛圍中。

如果再加上音樂、泡一壺好茶，那麼這種「閒來寫字喝茶」的情境，就遠遠不只是練字寫書法那樣單調，而是生活的美學境界了。

古代文人無論得意或失意，無論在家或出外，總是要在生活中安排一個最重要的地方，來安放他的筆墨紙硯，這樣的地方，也許是充滿書籍、碑帖、文物收藏的豪華書齋，也許只是一張鋪了毛毯、可以寫字畫畫的桌子，文人的精神從此安頓、生發，從獨善其身的修心養性，到治國、平天下的雄心壯志，都是從這樣一個文雅的筆墨世界裡開始蘊釀、思索和實踐。

現代人寫字不再有「十年寒窗無人問，一舉成名天下知」的功利目標，寫字反而可以在書房之中、書桌之上，寄託更多的心情。

而心情的寄託也要有方法，方法是從敬重、愛惜與書法接觸的每一個時刻開始。

寫字的時候，毛筆、紙鎮、筆山、水滴、硯臺、墨條、字帖、紙張，都要安置在適當的位置，整齊是基本的要求，而器具的美觀，也必須講究。

學生來畫室上課，我用的是仿宋汝窯的瓷杯讓他們喝茶，茶一定是他們上課前五分鐘才泡好的，放置茶杯的茶盤，也是像藝術品一樣的臺灣石製茶盤；潛移默化的結果，有不少學生開始到處找美麗的文房用品，以及家裡用的杯盤。

硯臺更是要講究，一方好的硯臺不只是磨墨的用具，更是美感的享受，一個最簡單的硯臺，長寬比例、厚度尺寸，展現的是一個雕刻者的美學訓練，那是累積了上千年的文化素養才能有的特色。一方好的硯臺不但可用、可賞，也可感——感受硯臺這個特殊的書寫用具散發出來的美感。

現代人寫字，常常為了方便而使用墨汁，因此許多寫字的人竟然是沒有硯臺的。說是方便，其實是隨便，用墨汁寫字和磨墨寫字的感覺根本就是天差地別，如果連這種精緻的感覺都沒有，如何可能寫得出好字？

寫字的人不講究硯臺的美觀與否，簡直讓人難以想像，如果連這些最重要的文房都不講究，他又如何可能從書法之中獲得什麼美的啟示與享受？

學習書法，雖然是在工作、家庭生活以外，行有餘力時才會做的事，但也不能在「人生有空」的時候才想要去「接觸一下」，凡是抱持這種態度的，一定學不長久，也不可能學得好，換句話說，百分之百大概都會輕易放棄。

然而必須思考的是，有多少人是這樣到處在培養興趣，但過了一輩子，最後卻是一事無成的？

學書法必須把書法的儒雅化入生活，使書法成為生活中的一種美學理念與享受。

學書法不能只學寫字的技術，還要學習如何使書法成為生活的一部分，所謂色聲香味觸法的視覺、聽覺、嗅覺、味覺、觸覺，以及觀念想法，都在書法的潤澤當中，而後書法必能成為生活中的美的享受。

日常生活中的寫字

一、偶然欲書

練字是我每天的功課，少則二、三小時，多則七、八小時。

很多人常常問，像我這樣的功力，還需要練字嗎？

寫字是一種技術，任何技術愈到了高深的程度，愈需要下功夫練習，練習不一定可以有什麼突破，但卻是保持高峰的唯一方法。

許多演奏大師到了晚年，還是每天練習數小時，道理是一樣的。

鋼琴大師傅聰過了七十歲，依然每天練習六小時以上，目的就是要保持技術的精準與靈敏。

對寫字的人來說，臨帖就是在練「基本功」，功夫愈深，可以掌握的穩定度就愈高。書寫技術的穩定度愈高，創作也就更自由。

明末清初的書法家王鐸，終身一天練字、一天創作，目的也還是維持基本功夫的穩定。當然，這些大師們的基本功夫和初學者的基本功夫不在同一個層次上。

同樣的，即使是練習同一部字帖，對行家和初學者而言，其境界也自然不同。

書法非常博大精深，任何一件流傳後世的經典作品，都至少包含了書寫、文字的雙重內容，如果再加上作者當時的特殊狀況，例如人生閱歷的重大事件等等，那麼其中可以探討的東西就更加豐富，絕非一眼兩眼就可以了解。

我常常要求學生在練到一定的基礎之後，再回頭練習他們已經練過的字帖。剛開始，大家難免有所疑惑——不是已經練過了嗎？幹嘛走回頭路？

然而，當大家認真地重新練習以前練過的字帖，一定會發現，怎麼自己以為已經很熟悉的字帖，竟然還有那麼多的細節沒有看到。原因是書寫的功力增加了，看的能力也提高了。

現代網路科技發達，網路上充斥著龐大的資訊與消息，加上太多即時通訊軟體的影響，人們對語言、文字的敏感度已經降低到最低的程度——瀏覽，再好的作品，也只是看過就以為夠了。

事實當然並非如此。

二、書寫的季節

常常有人問我，什麼時候會想寫書法作品？

我在日常生活中用毛筆寫字，一是練字，占去最主要的時間；二是寫作品，需要天時地利、更需要心血來潮。

除了書課練功，書法是一種抒情的書寫，即使寫信、作紀錄，諸多心情也會流露在筆畫之中。

寫字需要高度專注，而平常嚴格的技術訓練，可以把心情準確地轉換成筆畫、結構，所以寫作品的時候，很自然地會帶出一時一地的心情。即使不刻意經營，心中的意念與手的動作必然是連接一起的；心情歡悅的時候，筆畫自然舒緩優雅，心情鬱悶的時候，手的動作不免短促而急切，筆畫自然散漫零落。有時學生來上課，我一看他們寫的字，就知道他那三天之內的心境如何。

想寫字的心情就是一種特別的累積，這樣的心情在寫作上，或許也可以說是「靈感」，是難以捕捉的心緒流動，更是爆發創作潛能的契機。

靈感對任何創作都非常重要，即使是一個技藝達到爐火純青的大師，如果沒有靈感的激發，他的創作也必然只是維持水準而已，不會有超水準的作品出現。

創作需要高明而有規範的技術訓練，然而高明的創作往往要借助一些意外的效果。

對我來說，對文字有所感覺是想寫書法的第一個要件。

人對任何事物的理解，往往會有一個特別的時刻可以達到平常沒有辦法獲得的深度。同樣的文字，在不同的時候閱讀，絕對會有不同的心境，蔣捷的〈虞美人．聽雨〉，最可說明其中奧妙：

少年聽雨歌樓上，
紅燭昏羅帳。
壯年聽雨客舟中，
江闊雲低，斷雁叫西風。
而今聽雨僧廬下，
鬢已星星也。
悲歡離合總無情，
一任階前，點滴到天明。

三、不同季節、時令的書寫心情

其實不用少年、壯年、老年的差別，即使是白天、黑夜、黎明、黃昏，也可以對寫字的心情產生極大的影響。

我有幾則書法箚記，談到不同季節、時令的書寫心情：

- 寒冬酷冷，宜書秦篆漢隸，以白酒助興，則時間蒼莽之感，皆在筆端流動。
- 盛暑高熱，何妨赤膊寫狂草，亦有一種酣暢的快意。
- 暮春初溫，最宜泥金箋小字行書，抒發空氣中流動瀰漫的生機。
- 初春乍暖還涼，寫字的心情因而變化萬千。
- 秋風悲涼，當用老紙書舊作，寫一種無可如何的感傷。

這些筆記的記錄順序當初如此，後來並未按季節的順序調整，因為我想保留感興的先後過程，也記錄那些關於書寫的感覺，絕非只是在文字上作境界的形容。

我還深深地記得，寫下「寒冬酷冷，宜書秦篆漢隸」這一條心得時當下的心境。

書法需要高度的技術。冬天的時候，因為寒冷，身體難免僵硬，加上衣物厚重，很難自由伸展，這樣的時候寫筆畫靈活的行草當然是比較困難的，因此冬天時，很自然而然地，我就會以篆隸作為寫字的主要功課。

相對於我們現在所熟悉的楷行草，篆隸字體的風格高古、樸拙，而又大氣莊嚴，練習篆隸，可以增加筆墨的厚重，使之不會失於輕滑。

篆隸的字體如是古樸，寫的又多是兩千年前的記載，以往閱讀諸多文史的知識、典故，很自然地就匯流到心境之中，秦始皇、劉邦、項羽這些創造歷史的英雄人物和事蹟，每每在我臨寫〈嶧山碑〉、〈石門頌〉的時候，悄悄在腦海中出現。

相對來說，篆隸的筆畫技術比較簡單，結構也並不複雜，是非常容易入手的書體，然而很難寫好。

相對於行、草、楷而言，隸書這個比較樸拙的字體在明末清初被重新發掘、重視的時候，其實當時大部分的書法家們並不知道如何看待隸書這樣的字體：隸書為什麼重要？要如何寫才是「好看的隸書」？經過眾人相當長的摸索和實驗，才終於找到「解釋」隸書之美的理論和方法。

不像楷書的工整、規則，技巧也沒有那麼嚴謹、細緻，隸書從筆畫到結構都呈現一種「尚未定型」的狀態，橫畫、直畫都沒有一定的角度和規律，有折角的筆畫，更是充滿各式各樣的寫法，相對於楷書的成熟、規範，隸書似乎有各種可能。相對於楷書，隸書給人的感覺，就是比較古樸、古拙。

古樸、古拙都是古人沒有清楚界定的視覺印象，難免讓人難以掌握這兩個詞彙的確切意思和意義。

其實無論古樸、還是古拙，就藝術的表現形式和技巧來說，就是相對的比較簡單。

這樣的解釋，或許有人會覺得過於簡單，卻不知，簡單並不表示容易，在篆隸楷行草五種字體當中，篆書的技術在表面上看起來最簡單，然而寫起來可能最困難。

原因是篆書的筆畫，到了小篆的階段，固守絕對的水平和垂直，筆畫粗細如電腦畫出來的線條般粗細均一，要用人工的方法寫到那樣絕對，而且每一筆都要如此，那真得筆筆憋氣才能做到。

而隸書這種未定型、充滿很多可能的字體，在脫離小篆的工整之後，因為書寫者的性情，自然發展出極有特色的各種風格。同樣是隸書，〈石門頌〉有大氣磅礴的氣象，〈禮器碑〉則華麗肅穆，〈曹全碑〉則柔美流暢，各自展現了書法在發展變化的過程中強大的創造力和生命力。

隸書這種書法風格內含的生命力，那種包含各種可能的創造力，是書法發展過程中未曾再現的高峰，那是漢字字體發展過程中的必然，也是秦漢之際時代氣象所決定的內涵。

因而要把篆隸寫好，實在說，非常困難，在篆隸風格最盛行的清朝，能夠掌握篆隸這種內在生命的書法家，也是寥寥無幾。

然而就在這樣古樸的書寫中，「寒冬酷冷，宜書秦篆漢隸，以白酒助興，則時間蒼莽之感，皆在筆端流動」的感覺，清清楚楚地在我心中出現，於是我知道，就是這種體會，或許我的書法可以向前邁進，達到一個新的境界。

之後，我很自然地開始留意在不同季節的書寫體驗，並把那種書寫的心情，化為筆墨的感覺，從而找到更多的靈感。

四、現場揮毫

一般來說，寫字這件事，不管是作筆記、寫日記，或練字、寫作品，總是在安靜的時候發生，有點像是自我的獨語，與自己心靈的對話。雖然也是寫字，現場揮毫則多了表演的性質，和一般寫字有很大的不同。

唐朝的張旭、懷素以草書獨步古今，他們兩個都嗜酒，都喜歡在眾人面前寫字。

杜甫在〈飲中八仙歌〉說張旭是「張旭三杯草聖傳，脫帽露頂王公前，揮毫落紙如雲煙」。而懷素則常常喜歡在「八月九月天氣涼，酒徒詞客滿高堂」的場合中，「吾師醉後倚繩床，須臾掃盡數千張」，這是李白在〈贈懷素草書歌〉中，形容懷素的寫字風格，一詩聖、一詩仙，歌詠的是一顛草、一狂草，難以想像盛唐時期何以會有如此昌盛的文化景觀，有這麼多書之不盡的風流人物。

平常上課，寫字示範是必須的事，一邊寫字一邊說明更不是什麼特別難的事，學生看多了也不覺得稀奇，只有偶爾叫他們自己一個一個輪流寫給大家看時，才會發現手竟然抖到不能控制。

可見現場書寫要寫出一定的水準，就如同現場演奏一樣，需要相當的功力，而表演現場的氣氛，也的確對表演者有一定的幫助。用現代的語言來說，是觀眾期待的能量，灌注到表演者身上，因而激發難得的創作狀態，讓表演的水準達到平常練習無法達到的高峰。書法的現場書寫大概也是如此，唐朝的許多書法家都有觀眾圍觀的書寫紀錄。

臺灣近年來頗為流行現場揮毫，觀眾圍觀一旁，書法家們拿著掃把大的毛筆在地上掃來掃去。我雖然不能夠理解圍觀這樣子寫字，有什麼樂趣，但卻可以了解，表演寫字的人多少是很過癮的，畢竟有觀眾在旁打氣喝采，自然感覺良好。

這種現場揮毫是吸引年輕人接近書法的好方法，日本有很多高校都有類似的書法社團，學生們在一起寫字，應該也是校慶的重要活動，所以學生可以獲得許多共鳴和快樂，臺灣學校的書法社團，應該可以仿效。

（陳勇佑攝影）

輯二

感受紙筆墨韻

墨說從頭

時間是民國六十九年一月，我大二那年的寒假。經過了幾個月的觀察打聽，終於下定決心要去學書法。

雖然從小學開始就寫書法，也因為寫得不錯，常常代表學校參加比賽，但看到大學書法社同學寫字的情形，我就知道，要真的把書法寫好，我還有一段距離，還是得拜師。

於是在中文系同學的帶領下，到了王建安老師那裡開始學書法。現在回想起來，王建安老師教書法的方式，以及在王老師那裡學寫字的氣氛，都是非常難得的，雖然當時並不知道。

王老師的書法班是一間開放式的教室，雖然有班別，但每一班的人數有限制，不會全滿，所以任何時候去，大概都有位置，他也都教，而且不另外收費。我記得那時的學費是一個月兩百，大概占了我當時生活費的十分之一。

一、初學書法初磨墨

以一個中興大學食品科學系的學生來說，當時為什麼要去學書法，連我自己也不太明白。不要說食品科學系，即使整個中興大學，好像也沒幾個人去學書法。

但無論如何，我去了，而且從此開始每天至少六小時的練習。當時只是覺得要趕快把書法寫好，學生的好處，就是時間多，所以一有空，我就練習書法。食品科學系有很多實驗要做，實驗中有許多如培養細菌之類的項目，要連續數天的觀察、記錄、等待，同學們分組，各自負責幾個小時，別的同學看武俠小說打發時間，我則練書法。

王老師教書法的地方就是住家的閣樓，樓下是他兒子開的文具店，不大的閣樓，大約可容納十五名學生，我都是早上七點就到，別的同學最早也要到八點多才來，所以很能安靜寫字。

書法教室沒什麼設備，就是一長條靠窗的桌子，有硯臺、墨和毛筆。當時老師提供了墨、硯臺、毛筆，我們只要帶紙去，紙是那種印有九宮格的小冊子，一本兩塊錢，這是自己要買的。

因為毛筆、墨都是大家共用，當然好不到哪裡去，有些毛筆甚至已經是沒有鋒了，我們就是用那樣的筆墨練字。

墨條不記得是什麼牌子了，只記得大概就是一兩大小，因為寫字的地方不大，硯臺是那種七八公分寬的小硯，墨條當然不可能太大。

那時臺灣做墨的廠商還有一些，一般文具店也都會賣硯臺和墨條，因為當時學校規定要用書法寫週記，而當時的墨汁品質相當不好，容易沉澱，氣味更可怕，所以在王老師那裡寫書法，一律都是磨墨。

當時的墨無論如何是不可能講究的，但很容易磨得黑，不像現在的一些墨，吹牛說是什麼遵古法製造，用的材料多名貴，價格更是不便宜，然而就是磨不黑。

前幾年，一個學生在鄉下的文具店，找到一批「中華墨」，似乎就是當年的我們學書法用的那種墨，外表粗糙，但一磨就黑，非常好用。

現在重新去看那些墨，顯然都是用工業碳粉做的，不是什麼好墨。當時要買好墨，一般文具店是沒有的，得到賣傳統書畫用品的筆墨莊去。那時比較好的墨條都是輾轉從香港進口的大陸墨，比較有名的就是「鐵齋翁」，後來才知道，那些都是上海墨廠生產的墨，也有少數從安徽來的墨。

二、故宮的墨

退伍後，我到臺北工作，認識了許多書畫界的朋友，他們都是專科出身，又有師承，對書畫的工具材料比我這個只是專心寫字的人講究太多，也因而慢慢開始了解筆墨紙硯的知識，逐漸升級自己的文房配備。

那時臺灣的文房四寶基本上都還是進口的大陸產品，筆墨紙硯中只有做毛筆的人還多一些，做墨的很少很少。

比較特別的是，當時書畫界的朋友很喜歡到故宮去買東西，因為當時故宮設有科技室，研究筆墨紙硯，並且委託廠商生產，墨尤其精美，墨模的雕刻非常細緻多樣，而且墨也很好用，所以每次到故宮總是會去買一些墨回來。

故宮早年製作的墨條，極為精緻。

到現在我還保留了一些當時在故宮買的墨，因為數量不多，平常不輕易使用，也一直後悔當時沒有多買。

而那時沒有多買的原因，是因為故宮的墨比市面上的墨貴許多，但如果以品質來論，其實當時故宮的墨還是很便宜的。

後來才知道，故宮的墨之所以那麼好，是有原因的。

三、江老師的墨

一九九一年，我拜入江兆申老師的靈漚館，成為江門小學生。不但書畫的眼界大開，對文房用具的講究，也有跳躍性的成長。

作為書畫大師、同時又是故宮副院長，江老師的畫室就像一座探索不盡的寶庫，任何一樣東西都精緻無比，不要說用，光是看看那些毛筆、硯臺、盒子、水盂、筆洗、印泥盒、印章、墨條、紙鎮……，都極其賞心悅目，真是無比的享受。

在這樣的熏陶下，沒有起而效之的心情是很難的，於是我更加頻繁地出入臺北的筆墨莊、古玩市場，到處尋找心目中理想的文房用具。墨是每天要用的東西，對一個書畫家來說，沒有好墨就等於士兵沒有了武器，因此「尋找好墨」一直都是最大的課題。

除了墨條之外，當時臺灣已經進口日本的開明墨汁，品質相當穩定、好用，就我所知，有許多書法家都用開明的墨汁，臺靜農先生、江兆申老師也用開明的墨汁，不過用墨汁要比較小心，裱褙的時候如

侯吉諒（右）與老師江兆申（左）合影。

江兆申先生製作的墨。

果技術不好，很容易暈滲而毀了作品。

在尋找好墨的過程中，慢慢對墨的認識也深刻廣泛起來，當然也買了不少好墨，不過，我最「覬覦」的，還是江老師做的「靈漚館墨」。

江兆申老師的文房很多都是訂做的，紙張、毛筆是在日本訂做的，墨則是故宮的同仁找外面的廠商，按江老師的配方做的。靈漚館墨有好幾種款式，「靈漚館」是一般長方形墨條、「玄冰」則是仿故宮玉琮的形式，造型極為典雅，還有精緻小巧的「雙菩提樹龕寫墨」，都配有藍布墨盒，非常典雅。

江老師做的墨應該是當時臺灣品質最高級的墨，墨色深沉、濃淡層次分明，磨墨時香氣撲鼻，磨感綿密，使用上不僅得心應手，而且非常享受。

我後來比較江老師做的墨和先前買的故宮墨，發覺兩者的品質非常相近，所以應該是江兆申老師做墨的時候，把配方給了廠商做成故宮墨，也難怪當時的故宮墨品質那麼好。有了這樣的推測之後，就更後悔當年沒有多買故宮的墨。

四、王國財研究墨

二〇〇一年，在多方探詢之後，終於找到造紙專家王國財，從此和國財兄有了極為頻繁的互動。

大家都知道王國財研究造紙，也以為王國財只會做紙，其實王國財的研究範圍很廣，從紙張、顏料、墨到書畫的保存等等各方面，都有相當系統的研究。

王國財研究墨的方向不是做墨，而是站在書畫保存的立場，研究分析市售墨汁的酸鹼度。

書畫創作者通常只在意東西好不好用、自己的創作結果如何，但很少考慮到書畫的保存問題。研究人員畢竟有他們的邏輯，他們關心的面向，也一直是臺灣書畫教育中最缺乏的觀念。

對很多書畫家來說，墨汁、墨條沒什麼差別，松煙、油煙也無所謂，重要的是他用起來方不方便，因此我常常看到許多書畫家在硯臺上倒墨汁，再拿墨條磨以增加濃度。這種用墨的方法，其實很有問題，因為墨與墨汁的成分可能會有不好的化學反應，在裱褙和保存的時候，可能會出現問題。

傳統書畫的保存，首先是看紙張本身的品質，而後是使用材料的適當與否，如果紙張是酸性的，用的材料也是偏酸，紙張就很容易碎裂。工筆畫使用的紙張，以前都是用松香皂或明礬做熟，好處是不減墨色，缺點是紙張容易脆化，如果用的墨、顏料也是酸性的，對書畫作品的保存是一大傷害。

根據王國財的研究結果，當時臺灣市售的墨汁大多偏酸，有幾種日本墨汁酸度值更高達九，我知道以後大吃一驚，從此不敢再用墨汁寫作品。

當時為了幫學生找墨，花不少錢請大陸的朋友搜集了不少墨條，一一測試。買到的墨條各有兩份，其中一份我拿去給國財兄，請他們幫忙測試。但國財兄當時忙著造紙，分析墨條是一項大工程，那些墨始終都沒動過。

其實當時我還有一個期待，希望王國財可以研究出讓墨色更深沉黝黑的方法，因為每次去故宮看展覽，總是對古人書法墨色的濃郁深沉感到驚訝；反觀現代人做的墨，用起來總是覺得不夠深沉，所以當時也和國財兄討論了許多這方面的看法。國財兄那時也開始寫書法，對墨色的研究倒是興趣盎然，還幾次展示了他的研究結果給我看，經過王國財的調整，許多市售的墨汁因此變得深沉無比。可惜的是，沒過幾年，國財兄就退休了，對於紙墨的研究也就中斷了。

五、詩硯齋墨

二〇〇三年以後，我陸陸續續買了不少大陸新生產的墨，也認識了不少大陸製墨的廠家。

中國大陸改革開放以後，整體社會慢慢呈現出相當強的復興能力，尤其在二〇〇〇年以後，隨著經濟的成長，幾乎到處猛爆性成長，在此之前的墨條，雖然也維持一定的生產機能，但因為是國有民營，所以在品質、品相上都相當粗糙，後來私有化企業增多，大家才真正下功夫去改進產品。大陸傳統文化產業的底子畢竟傳承深厚，所以一有了適當的社會條件，幾乎在一夜之間就可以脫胎換骨。二〇〇五年左右，我注意到許多優秀的墨廠重新加入市場，這些墨的廠商原本就是當年老牌子胡開文、曹素功的基礎，幾百年累積的做墨經驗非同小可，各式各樣造型精美、配方優異的墨條，忽然一下子全出現了，對於長年尋找好墨的我來說，就像看到一個完全開放的寶庫，這裡買一點，那裡買幾條，幾年下來，算算竟然買了數百條的墨。

而買墨之餘，難免想到當年江老師的故事，因而也開始計畫做一條我自己專用的墨。

做墨和做筆一樣，都要有相當數量才有廠商願意配合，幸好詩硯齋的學生不少，一個人分配兩條墨，輕易可以達到做墨的最低數量。

做墨和做筆不一樣，做筆可以請廠商少數製作樣品，測試確定合用以後再量產；墨比較難要求做樣品，所以只能先選出最適合的墨，再和廠商商量如何修正成我要的條件。

這個過程有相當程度是在嘗試錯誤的，因為廠商原來的成分和配方比例不可能給，只能盡量溝通。

幸運的是，第一次試做的「詩硯齋墨」就很成功，無論墨的樣式、濃度、磨感，都相當好，甚至比廠商原本銷售的成品更好。而之所以如此，是因為我在調整成分的時候，有書畫應用的經驗，所以知道要如何改善原來的配方。

做筆做墨的人雖然都是這一方面的專家，但其實他們不一定真正懂筆、懂墨在實際使用上的狀況，要說到會用、如何用，以及如何改進，還是得靠書畫家。

不過書畫家也經常會被自己的感覺欺騙，因為特別的、稀有的文房，總是容易有先入為主「比較好」的認定，判斷就會偏差，更嚴重的是因為這種心理，也很容易讓人誤入歧途，反而迷失了方向。

三十年來，我用過墨的種類也不算少了，也交了不少學費，大致上的結論是：好墨很重要，但書畫本身的修養更重要。文房用具的講究可以讓書畫作品更上層樓，也可以增加書齋的生活品味，但最根本的，還是書畫能力的修養要夠，否則一切都是空談。我常常看到大陸網站上許多業餘玩家談墨的好壞，他們對墨條的年分、產地都很清楚，說起墨的優劣好像也是頭頭是道，有的甚至附上許多「試墨圖」證明他們的看法。但坦白說，在電腦上判斷墨色如何，我覺得只能自說自話。

看到這樣的網站資料，我總是匆匆閱過，然後趕快回到畫桌上，磨墨寫字。

墨韻穿越

一、墨的穿越

中國大陸近年流行「穿越」，不但穿越的古裝劇成為風潮，也有人致力墨的穿越。

墨的穿越，是指用高壓鍋水蒸煮、或用微波爐，使墨條快速退膠的方法。

墨條的退膠，一般是指墨條中的膠在經過一定時間之後（通常要數十年），膠性退化的結果。做墨最重要的是煙和膠的比例，膠太多的話，磨出來的墨液通常會太濃稠，影響墨韻、書寫，因為做墨的技

在墨色的表現上，膠的好壞對墨的質量影響最重要。

術原因，通常要加比較多的膠才容易做墨，所以適當的退膠可以讓墨更好用，這就是為什麼有人會熱衷尋找墨的穿越方法。

很多大陸書法網站的文章都大力推薦，說用微波、蒸煮之後，墨的表現更為漂亮。

但我實際測試過，對用微波、蒸煮墨使之退膠，可以增加、改善墨的表現能力的說法，非常不以為然。

歷史上做墨的名家，以李廷珪最為著名。李廷珪，原姓奚，南唐易州（今河北易縣）人。唐末遷居歙州，製墨絕佳，深得南唐後主李煜賞識，任墨務官，賜國姓，易名李廷珪。

李廷珪在繼承祖輩技術的同時，努力創新。他經反覆研究和無數次的實驗，發明了新的配方：松煙一斤、珍珠三兩、玉屑一兩、龍腦一兩，和以生漆、鹿角膠、珍珠、犀角、藤黃、巴豆、桐子油、麝香、冰片、樗、木皮、石榴皮等物，搗十萬次。所以他做的墨，膠不變質、墨不變形，品質大大超過了爺爺和父親，達到了登峰造極的程度，遂又形成了新的品牌——「李廷珪墨」。

據說李廷珪所製的墨，「豐肌膩理，光澤如漆」，而且堅硬如石，「可削木，墜溝中，經月不壞」。墨磨後的邊緣如刀刃，可以裁紙。有人做過實驗，用這種墨抄寫《華嚴經》一部半，才研磨下去一寸。還有人研磨習字，「日寫五千」，一枚墨竟整整用了十年的記載。「有貴族嘗誤遺一丸（李廷珪墨）於池中，逾年臨池飲，又墜一金器，乃令善水者取之，並得墨，光色不變，表裡如新。」

南唐李後主文藝多才，極為講究文房用品，「諸葛筆」、「李廷珪墨」、「澄心堂紙」、「婺源龍尾硯」並稱為「文房四寶」，李廷珪墨的品質精良，在蘇東坡、黃山谷等人的筆記中也經常提及。

李廷珪的墨之所以「能削木，墜溝中，經月不壞」，簡單來說，就是墨裡面的膠和其他物質混合、完全乾燥後，堅硬、不溶於水。且不深究墨條在水中不化是否表示墨比較好，但無論如何，在墨色的表現上，膠的好壞對墨的質量影響最重要。

膠在墨中主要有三種作用：一、製作墨條時定型；二、使用時以膠的黏性讓墨粒子附著在紙上；三、以膠的光澤度，讓墨在紙上表現出溫潤的效果。

因此，墨中的膠性退了以後，理論上說，對墨只有壞處，沒有好處。然而，既然如此，又為什麼追求退膠的墨呢？

主要的原因，是因為人們對老墨的迷戀。

張大千曾經不只一次說過，乾隆以前的墨條最好，道光時期的墨還勉強可用，再晚的，就不好了。

張大千是近代書畫成就最高，也最講究筆墨紙硯的畫家，他一輩子都在追求書畫材料的極致，以他的經驗說墨，當然有極為精到的地方。

而大家對張大千說墨的理解是：墨的年代愈久愈好，至少老墨比新墨好，就幾乎成為定論。然而這種觀念並不正確。

新墨，定義很清楚，是指剛剛做出來一兩年內的墨，墨條甚至還沒完全硬化。

老墨的定義就非常模糊，甚至完全沒有標準。有的人認為，十年以上的墨就是老墨，也有的人主張要二十年以上，至於百年以上的墨，更是珍貴。

數年或數百年的墨當然珍貴，但那是因為時代愈久，東西的取得和保存就愈難得，所以從文物的角度來說，老墨是珍貴的，明墨比清墨好而貴，元墨比明墨好而貴，以此類推。

但就使用上來說，卻未必如此。

老墨的好壞，就使用效果而言，首先要看原來做墨的品質如何，而後看墨的保存狀況，再來才是看墨的年代。墨並不是愈老愈好。

就算是原來做得極好的墨，也不見得愈老愈好。如果墨退膠了，再好的墨也沒用。

張大千說乾隆時期的墨最好，道光時期的墨勉強可用，再晚的，就不好了，主要原因在於乾隆之後做墨的原料、工法愈來愈差，而並非年代愈早的墨愈好。

所以以前的人，如果得到已經退膠的墨，會用新墨「再和」，最主要的原因，是老墨的煙料好，丟掉可惜，但已經退膠的墨不能用，所以要用新墨（膠）再重新做過，使之可用。

既然如此，為什麼還是有這麼多人熱衷墨的穿越？我覺得，一是表示自己講究，二是可以藉此唬弄其他的同好，三是穿越過的墨的確比較好。

很多人是信誓旦旦地說，穿越過的墨的確比較好，尤其在淡墨的通透性上非常突出。

穿越過的墨，由於膠性被破壞或分解，墨色表現會和原來有所不同，這是一定的，但是是否比較好，我覺得見仁見智。以我實際操作的結果，差別不大。

墨的使用是不是可以發揮到讓人覺得層次分明、賞心悅目，最主要靠的還是書畫的技術和能力，而不是材料本身。對高手來說，墨汁也可以有很好的表現，臺靜農、江兆申先生也用墨汁寫字，他們寫出來的作品，墨色一般都極為漂亮，乾濕濃淡的變化非常豐富。

即使以材料本身的好壞來說，墨的表現，還要看載體（紙張、絹）的性質如何，書畫風格的種類也會影響墨韻的表現，說墨經過微波、蒸煮之後就如何如何，坦白說，唬人的成分居多。寫字畫畫要講究筆墨紙硯，但主要的目標還是應該放在書畫技術、人文內涵的養成上；筆墨紙硯的追求，也應該是講究品質上的精良，可以因此增加作品的表現深度。一味追求強調筆墨紙硯的稀罕奇巧，完全沒有意義。

二、墨分五色

中國書畫皆以墨為本色，即令工筆繪畫之重色濃染，亦必先得墨稿。

墨稿好壞，影響後續上色工序以及最後的繪畫成果，不能「墨分五色」的墨稿，必然是次等之作。

墨之為用，其奧妙之處，非精於書畫之人無以致知。墨匠能做墨，自然了解墨的基本好壞，但墨色之精微究竟到什麼程度，只有書畫家可以掌握。畢竟墨匠不善書畫，未能窮究墨的各種使用效果。

例如，以墨的黑度來說，理論上與墨的濃度成正比，然而實際應用並非如此，過度焦濃的墨，想像中應該是最黑的，因為其中的墨量最多，所以應該最黑。在水墨繪畫的應用上，最後的步驟也就是用焦墨或濃墨「提醒」可能過於平淡的畫面，增加一點高濃度的墨色，可以讓畫面立即有精神起來。

然而過濃的墨就會黏在筆上，不容易從毛筆移到紙張上，因此太濃的墨反而無法適當地表現出墨的色調。

每一條墨的性質不同，本身表現就有不同。同樣的紙，用不同的墨，會有不同表現；而同樣的墨，在不同的紙上，墨色自然也有不同一樣的變化。墨的使用，何其困難？

三、墨的韻味

墨韻之難，在完美之墨韻須確實掌握紙、筆、墨、字四者之最佳關係。

古人寫字，墨以筆畫流暢為宗，晉唐書法墨色之佳，於今見之，則仍亮麗如昨日書就。宋人用墨最講究，其烏黑沉厚，令人驚豔。

墨的好壞，是書畫作品成敗的關鍵。（許映鈞攝影）

二〇一三年三月，在東京博物館見趙孟頫行書真跡，紙色古老而墨色如新，凝視久之，如在夢中。

宋朝黃山谷、米芾的墨色一向以濃厚著稱，近距離觀察他們書法的墨色，真可以說是深沉如夢。

古人用墨大抵如是，總之以濃黑為尚。到了明朝董其昌才開始用淡墨，溫潤妍美，略無暈滲之病，非用筆精妙而善知紙墨關係之精微，無以致之。

明末傅山、王鐸用筆粗放豪邁，用墨淋漓盡致，墨色濃淡濕燥，極盡變化之能事，後學者目炫其技，風從者眾，於是書法用墨之道，至此為一大變，而「惡墨」橫行，滿紙烏煙瘴氣，亦由此風行。

傅山主張寧醜毋巧，字法支離破碎；王鐸用筆豪邁，往往一筆數字連綿而下。觀者以為神、能，因傅山、王鐸影響所及，則二王精妍

黃山谷書〈寒山子龐居士詩〉。（國立故宮博物院，臺北，CC-BY-4.0）

米芾〈值雨帖〉。（國立故宮博物院，臺北，CC-BY-4.0）

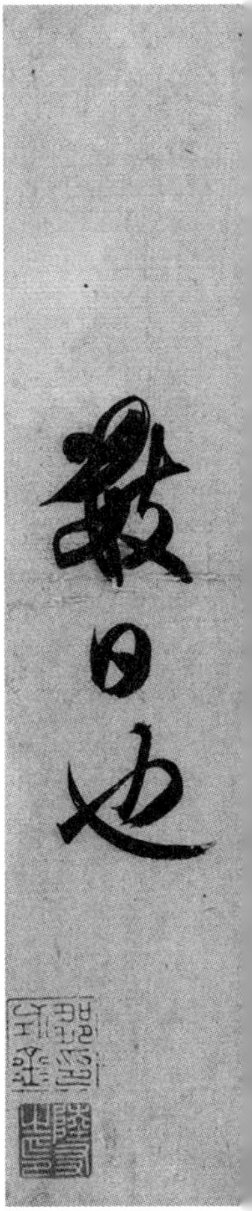

行草、唐代嚴謹楷書之千年經典，竟被棄之如敝屣，以是書道正統竟式微三百年，於今猶見其害也。

以時代風格論，傅山、王鐸之書法主張、書風呈現，確有其正面意義，但兩者之論過於偏激，未明書法之根本原理者，極易受其名聲、地位、影響所迷惑。

傅山、王鐸字法支離破碎、行氣隨意變化，後學者迷於其中酣暢，模之仿之，而漸入魔道而不自知也。

傅山、王鐸何許人也？一稱「晚明第一寫手」、一稱「筆神」，其於書法技藝，精妙嫻熟可知，以其精熟，雖放手縱意，自有規矩在焉，常人既無彼等功力，而妄為豪邁，必然粗俗，卻以傅山、王鐸之言洋洋得意，大言以醜為美，其中惡質劣法，真不知伊於胡底了。

以我看來，老實磨墨，墨濃了再寫字，還是最為重要，墨色一旦濃黑深沉，自可穿越時空，感動不同時代的觀眾。

書法材料學

一、「用羊毫寫在宣紙上」並非書寫鐵律

民國四〇年代出生的我們這一代，是臺灣學校教育正式推廣書法的一代，當時老師們所教育、傳播的書法鐵律，就是「書法＝用羊毫在宣紙上寫楷書」，這個可以說是嚴重錯誤的觀念，卻長期被視為「書法的真理」。

楷書在魏晉時期萌芽，到了唐初歐陽詢、虞世南才完成楷書的發展，當時用的毛筆紙張，和我們以為的宣紙、羊毫完全不同。

「宣紙」這個特殊的紙張種類，發明於唐朝末年，但並沒有拿來

當作書寫的紙張，主要應用於印刷。一直到清朝初期開始，宣紙才成為書寫篆隸風格的主要紙張。

從現存的實物考察，晉唐時期的書寫紙張主要是楮、麻、藤一類的「皮紙」，皮紙比較不吸水，不像宣紙那麼容易洇墨，再加上填粉、砑光、碰打、染色等等後加工手法，紙張表面更細膩平滑，洇墨的程度再降低，寫字時筆觸和墨色可以很「準確」地在紙上表現，從唐朝現存的諸多書法作品，如賀知章草書《孝經》、杜牧〈張好好詩〉、鍾紹京的《靈飛經》、孫過庭《書譜》、懷素〈自敘帖〉等等，都可以看到皮紙極為細膩的筆觸和呈墨效果。

羊毛是毛筆主要的材料之一，傳說蒙恬改進毛筆的製作工藝，把原本綁在竹管或木條外面的毛，改成塞在竹管之中，筆毛的聚合性增加，書寫更為順暢。

後來的人不斷改進毛筆製作工藝，兔毛、狼毫等硬毫，成為製作毛筆的重要材料，到了唐朝，「利如刀刃」的硬毫筆已經成為主流。

所謂的硬毫、軟毫，指的是動物毫毛的挺拔度。羊毫的結構比較鬆，毫毛中空，所以軟，狼毫、石獾結構比較緊實，因而比較硬挺。其中最出乎一般人意外的，大概是兔毛，製作毛筆的兔毛有特定的兔類和取毛位置，在中國大陸的安徽、湖州一帶生產的兔子才適合做毛筆，大多只取項背的毛，其硬度是自然界最高。唐朝的毛筆大多以兔毛做中間的筆心，外面再包覆羊毫以利吸墨，唐朝筆往往被形容為如刀如刃如錐，就是因為兔毛做的毛筆很尖利。

可以結論地說，沒有皮紙、硬毫，就產生不了唐朝的楷書，所謂的用羊毫在宣紙上寫楷書，實在是不了解紙筆工藝的發展歷史，以及工具材料對書法的巨大影響。

二、古代書寫材料考察

在書法的研究中，筆法與風格被討論最多，這可以理解；奇怪的是，毛筆紙張的種類竟然是最弱的一環。毛筆是書寫工具，紙張是書法的載體，大部分的書法作品卻很少仔細記載毛筆紙張。

毛筆很少被提到，尤其是特定的書法作品，幾乎沒有所使用的毛筆種類的記載。例如，我們不知道歐陽詢、虞世南、顏真卿、柳公權、蘇東坡、黃山谷他們用的是什麼毛筆。不過，雖然沒有文字資料，毛筆的特性還是可以從字的大小、筆畫的質感判斷其種類。

只是書法的「材料學」實在太缺乏研究了，以致很多談書法的文章、書籍都只能「看圖說故事」，把書寫的技法說成一則則心境的演繹、境界的臆說。

最奇怪的是，紙張是書法的載體，書法就是紙張上的墨跡，有實物可以考察，但書法作品所使用的紙張種類，卻很少被提到。研究的人不談紙張，主要可能是不懂，或覺得不重要。

不懂紙可以理解，古人資訊不發達，交通也不便，寫字的人大概只能就自己手上的紙去感受和書寫，要做比較性研究確實相對困難。但如果覺得紙不重要，就奇怪了，因為寫字的人多半注重好紙；然而記載中，談書法紙張的資料，又確實是很少。要勉強解釋的話，大概就是寫字的人會用紙而不了解紙。

三、蠶繭紙與鼠鬚筆

非常特殊的是，在數之不盡的書法名作中，唯一清楚記載毛筆紙張種類的，竟然是天下第一行書〈蘭亭序〉，不過，何延之的〈蘭亭記〉雖然記載〈蘭亭序〉用蠶繭紙、鼠鬚筆，但何延之是唐朝人，已經和王羲之的年代相去三百年，他說〈蘭亭序〉用蠶繭紙、鼠鬚筆，有沒有什麼具體的根據？好像也沒有人研究過。

蠶繭紙是什麼紙？是用蠶繭做的紙嗎？如果是用蠶繭做的，那不就是絲了嗎？怎麼會是紙呢？所以蠶繭紙的「蠶繭」二字，並不一定是指製作的材料，更有可能是形容詞，形容紙張表面緊緻有光如蠶繭。如果這樣的推測正確，那麼鼠鬚筆也就不是用老鼠鬚做的筆了，鼠鬚筆更可能只是形容筆毛尖利挺直如鼠鬚。雖然現在有不少廠商製作鼠鬚筆，但這樣的鼠鬚筆實際使用上大多綿軟，聚鋒也不是很理想，不太可能寫出〈蘭亭序〉那樣纖毫畢露的筆法。

真正會用筆、知道一枝筆要怎麼使用，只有功力深厚的書畫家才能做到。

四、澄心堂紙

除了〈蘭亭序〉，蘇東坡是極少數談到書寫作品用的紙張、毛筆、墨的人，《東坡題跋》記載：「予撰〈寶月塔銘〉，使澄心堂紙、鼠鬚筆、李廷珪墨，皆一代之選也，舟師不遠萬里，來求予銘，予亦不孤其意。紹聖三年正月十二日東坡老人書。」書法作品有這樣清楚地使用筆墨紙的記載，在整個書法史上非常稀少。可惜的是，〈寶月塔銘〉並沒有流傳下來，但至少從這則題跋知道蘇東坡對書寫工具、材料都非常講究。蘇東坡後半輩子都在不斷地流放、遷徙中度過，然而澄心堂紙、鼠鬚筆、李廷珪墨這些頂級的筆墨紙硯一樣不缺，可見他對書寫工具、材料的重視。

蔡襄也極重視紙張，他有名的〈澄心堂帖〉是史上唯一可以看到的「求紙帖」。「澄心堂紙一幅，闊狹、厚薄、堅實皆類此，乃佳。工者不願為，又恐不能為之。試與厚直，莫得之。見其楮細，似可作也。便人只求百幅。癸卯重陽日，襄書。」

澄心堂紙可以說是中國古代第一名紙，是南唐後主李煜所製作的紙張。南唐時代李璟、李煜兩代君主對文化藝術事業的發展非常熱心，特別是後主李煜治下，文化藝術發展達至巔峰。紙、筆、墨、硯的製作工藝都有高度成就，因而產生了「文房四寶」的名稱。澄心堂紙是以李煜執政期間所修造的建築物澄心堂來冠名。後來的書法家對這種紙的評價是「膚如卵膜，堅潔如玉，細薄光潤，冠於一時」。北宋時期的書法家們集體對澄心堂紙的推崇和追求，為書法史上僅見的追求一種紙張的熱潮。

〈澄心堂帖〉具體談到澄心堂紙的特性，也提到紙張的闊狹、厚薄、堅實，對紙張的製作規格有很清楚的要求。

〈澄心堂帖〉應該就是用「澄心堂紙」寫的，筆觸、墨韻都一流，難怪北宋書家都喜歡澄心堂紙；根據蔡襄的說法，這樣的紙張「工者不願為，又恐不能為之」，主要的原因，大概是材料、工法都很精細，要花很多時間，所以價格應該不低，買的人不會太多，所以做紙的人不太願意做，甚至做不出來。

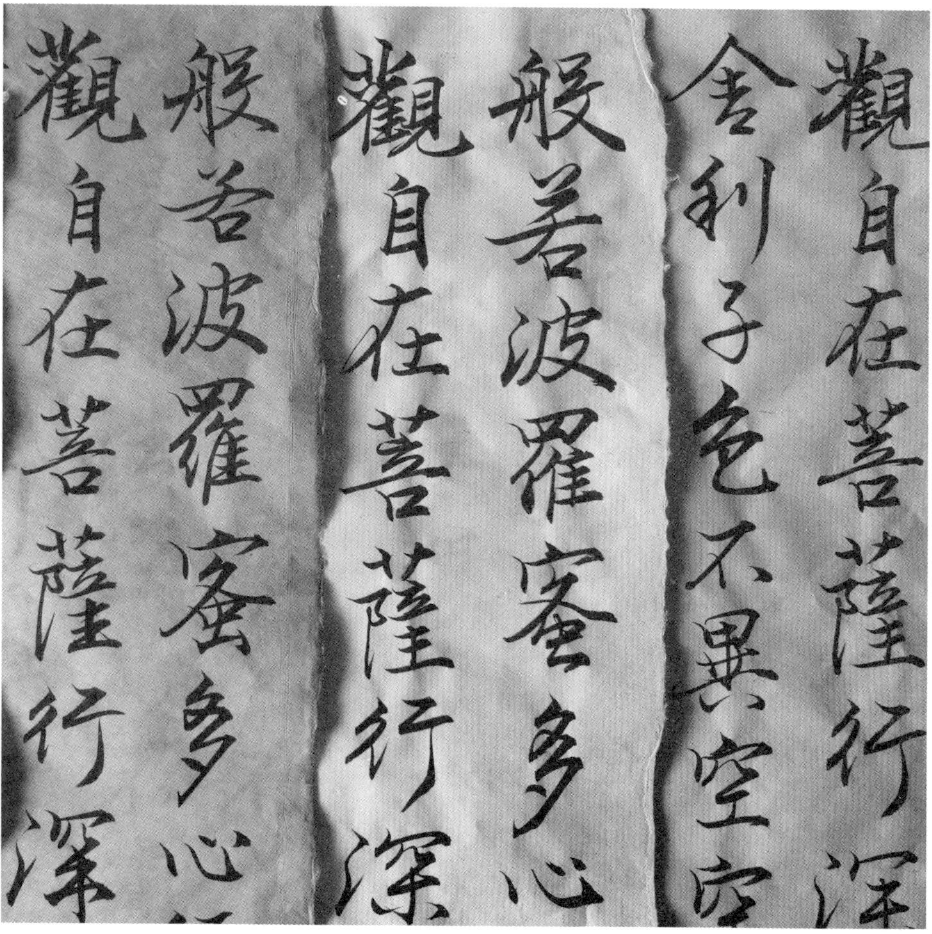

侯吉諒所書的《心經》在不同紙張上的表現。

五、現代製紙

二〇〇二年，我到埔里找廣興紙寮的黃煥彰先生，請他仿製江兆申先生請日本人製作的「靈漚館楮皮仿宋羅紋」，當時煥彰兄的反應就是「不好做」、「會很不便宜」、「做出來誰買」，古今紙人反應類似，頗堪玩味。

幸好黃煥彰兄做紙有高度熱情，並堅持品質，所以花了十餘年時間，經過多次的改進修正，終於開發出品相、寫感、墨韻表現都一流的「楮皮仿宋羅紋」，以我所見，可許為當代第一。

六、皮紙、熟紙與宣紙

在明朝末年之前，書法家寫字用得最多的，並不是宣紙，而是各種皮紙或是熟紙。

皮紙、熟紙不像宣紙那麼容易洇墨，寫出來的字墨色飽滿，字口清晰如刀刻，寫小字才容易控制，不會像宣紙那樣容易洇墨。

以前的人寫字，最大部分還是生活中的應用書寫，大約三公分左右或更小的字最多，書信、筆記讀寫都方便，這樣大小的字用宣紙很不容易書寫，所以要用皮紙，並適當加工，以增加書寫的順暢度。

造紙工藝這十幾年來有很大的進步，尤其是各種加工紙張，借鑒工業做紙的材料、儀器和技術，做出各種顏色、花樣、熟度的紙張，對寫字的人來說，實在是前所未有的福分。

但一般寫字的人可能還是不習慣用這些「非宣紙」，尤其是對皮紙的認識幾乎空白，實在是非常可惜。

書畫名家也是收藏鑑定大師吳湖帆說：

羊毫盛行而書學亡，畫則隨之。生宣紙盛行則畫學亡，書亦隨之。試觀乾隆以前書家如蘇東坡、黄、米、蔡，元之趙子昂、鮮于樞，明之祝枝山、王寵、唐子畏、董其昌，皆用光熟紙。

所謂「羊毫盛行而書學亡，畫則隨之。生宣紙盛行則畫學亡，書亦隨之」，當然是武斷了一些，畢竟生宣、羊毫還是有其可取之處，兩者配合所表現的墨韻，有極其精彩的表現。但不用熟紙、皮紙，確實是書畫學習、創作的一大盲點。吳湖帆指出乾隆以前的書法家都用光熟紙，正是證明皮紙才是書法的真命天紙。

做筆的故事

二〇〇七年以後，我做了不少筆，自己用，也給詩硯齋的學生用。

做一枝筆，不管有沒有成功，要耗費的心力都非常大，要把筆做好，其中的辛苦實在不是一般人可以了解。然而對買筆的人來說，不過就是一枝筆，幾百塊錢的事，沒什麼了不起；因為知道許多人有這樣的心態，所以我不願意外售。

現在網路方便，網友很容易找到我，因而也常常接到類似這樣的訊息：「我要買兩枝筆，多少錢？你帳號給我？」其態度之粗糙、草率、無禮，常常讓人感嘆。

更多的人看了我的書，就直接來跟我買筆，一知道筆不賣，竟然就生氣了，真不明白這種人的教養在哪裡？我教你寫書法的知識，可沒義務幫你準備寫毛筆的工具。

這種人太多，更讓我不願意賣筆。

我曾經寫過找紙的故事，其實找筆的故事更多、更難。

一、做筆很難，用筆更難

我常常說，天下好的毛筆很多，會做筆的師傅也很多，但是，真正會用筆、知道一枝筆要怎麼使用，則只有功力深厚的書畫家才能做到。

而要訂做出一枝適合自己使用的筆，那更是難上加難。除了精湛的書畫技術，也要了解做筆的技術，以及毛筆的形制和書法風格之間的種種複雜關係；在試做、試用的過程，還要有足夠的知識與耐心與做筆的人溝通。一枝好筆的完成，說比登天還難，也不是太誇張的說法。

有的人也會認為，現代科技那麼發達，做一枝筆有什麼難的呢？

現代科技雖然發達，但並不是萬能的。以做毛筆來說，現代發達的科技，可是連一根類似的動物的毛都做不出來，更不用說做筆了。

毛筆最大的變數是動物的毛，每年的氣候不同，動物的生長情形不一樣，長出來的毛就有不同程度的差異，如何把毛筆做到「每年差不多」，已經是非常不容易的事了。

我每年大概都會做一兩款毛筆，每次做出來的都不大一樣，原因就是變數太多，不是做筆的人能夠控制，所以如果做出來的筆和想像中的有差距，我也不會太苛求。

寫字的人要愛惜毛筆，也要懂得找筆，因為就算有人可以幫忙做筆，他也可能只擅長一兩種毛筆，不可能完全滿足書法家的需求。

二、選錯毛筆，影響嚴重

篆、隸、行、草、楷每一種書法字體的風格、大小，都只有一兩種特別適用的毛筆可以使用，選錯毛筆，不但影響學習效率，甚至可

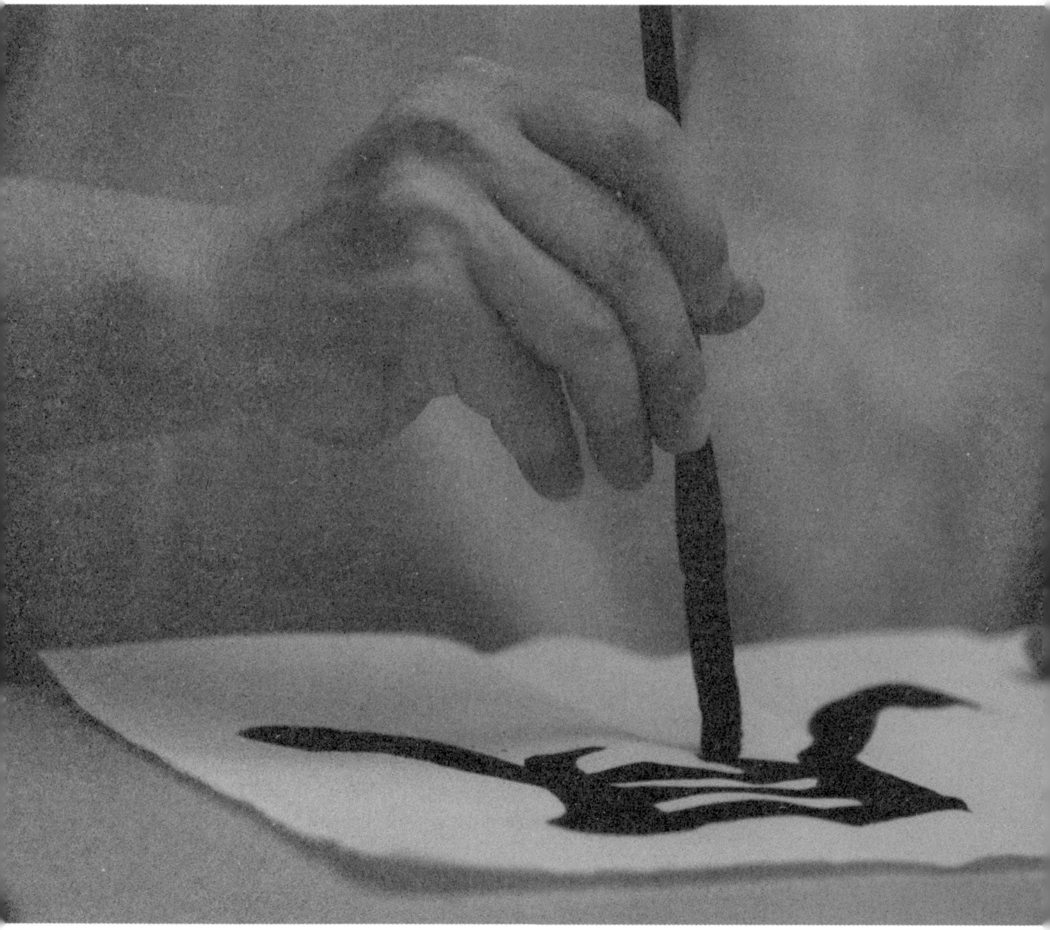

寫字的人要愛惜毛筆，也要懂得找筆。（陳勇佑攝影）

能養成許多壞習慣。

因而所有的書法家幾乎一輩子都在找筆——找適合他使用的筆。

大陸一位做筆的師傅李兆志寫過一本書《啟功與筆工》，講述記錄了一九六〇年代年輕的李兆志和大書法家啟功交往的經過，以及李兆志為啟功特製「白雲青山」系列毛筆的細節。「白雲青山」不是普通的毛筆，而是專門為啟功的書寫習慣、風格來量身訂做的毛筆，是經過啟功長年試用、李兆志再不斷修改，而後才慢慢發展成形的毛筆；一枝小小的毛筆，可以說傾注了兩個人的心血和智慧。沒有啟功的書法功力、沒有李兆志的製筆功夫，以及兩個人超越年紀、身分、社會地位的真誠交往，又怎麼會有這樣的一枝毛筆誕生？

我做的筆當然還不可能達到「白雲青山」那樣的際遇，事實上，很多廠商沒時間、也沒意願和我們這種訂量不多、要求卻很嚴格的書畫家打交道。

所以在做筆的過程中會碰到許多挫折，常常會想要放棄，這些都不是那些認為花錢就有的人可以想像和願意尊重的。

然而，對沒有筆的人說，做筆過程如何不重要，有多麼困難也不重要，其中有什麼心路歷程，更不重要，唯一重要的是他能不能得到那樣的好筆。這種心理也可以理解，但如果態度太不尊重，確實讓人覺得厭惡。

三、學習書畫，首要尊師

以前教學生寫瘦金體，需要比較特殊的毛筆才容易寫得出來，甚至可以說，如果沒有適當的毛筆，根本不可能寫出瘦金體。

我自己有一些寫瘦金體的毛筆，但總不能把我自己的毛筆讓出來給學生練習用吧？所以就叫學生自己去找筆。這一找，花了幾個月的的時間，也花了數萬元，就是連一枝可以寫瘦金體的毛筆都沒有。

後來沒辦法，還是得親自出馬，找大陸做筆的朋友想辦法，好不容易才做了一百枝筆出來。

以前我們跟江兆申老師學習的時候，自己買到什麼好筆好墨，第一個想到的，一定是拿去奉獻給老師，而不是自己用。那種心意真的是敬師如父，好吃好喝的，總是要先孝敬父母，有剩下的，才輪到自己享受。

現在的人不但沒有這種心態，反而是到處打聽老師的筆去哪裡做，想要私下拜託做筆的師傅照老師的筆偷偷做一些，老師的紙去哪裡買，也要想辦法去買一點；做這樣的事，基本上就是沒有了尊重與敬重。要知道門路與答案，可以直接問老師，老師不願意回答的，自有他的道理，無論如何都要尊重。

還有的人，買到什麼特別的東西，不是拿來分享給老師用，而是在老師面前吹噓自己買了什麼筆、什麼墨，凡此種種，真是讓人不知如何反應。

學習書畫，首先就是要學習尊師重道，如果連老師都不尊重，那怎麼教得下去呢？

我常常講一個很簡單的例子：要寫好字，前提就是要把毛筆整理好，要把墨磨好，把墨蘸好，但有時上課跟學生說：「你的墨不夠濃。」

有的學生竟然會回答：「我覺得還好耶。」

學生這樣說，那麼因為墨不夠濃而引發的種種問題也就都不用更正了。

坦白說，很多老師教書畫都是藏私的，有的老師甚至不讓學生看他寫字畫畫。我不敢說我教得多好，但至少從來不藏私，但也未必因此就能夠對學生傾囊相授，因為學生學到某個程度以後，如果有了傲慢、自大的心，那就不可能再教下去了。

有的人甚至以為，老師有的文房用具他都有了，從此就可以和老師一樣了。

四、筆墨紙硯、天分才情

文房用具的講究，是學習書畫過程中的一個重要環節。好的筆墨，可以增加作品的質感，好的紙張，可以讓書畫更精采；但是，最重要的，還是在書畫功力、人文修養，以及個性、天分、才情。

看不到這些「最關鍵」的元素，以為有了特製的筆墨紙就可以達到和老師一樣的成就，這種「白目」的人，其實還不少，也常常讓人不禁為之搖頭嘆息。

還有些人喜歡用難用的毛筆來顯示他的功力，例如用長鋒羊毫寫字，其實這種炫耀的心態大於寫字的能力，對寫字完全沒有幫助。用筆最適當的態度，就是選對毛筆，把字寫好。

因此，即使在我們的書法教室，初學者還是用不到我做的筆，因為如果完全沒有基礎，那就不可能感受得到毛筆好壞的差別在哪裡，反而只是浪費了好筆而已。

何況學生也要懂得自己去找筆，找筆的過程可以學到很多東西，而找筆的困難，也多少可以讓人產生一點珍惜好筆的心情，而不是那麼粗糙地以為有錢就可以買到任何東西。

且不要說做筆要有學問，光只是買毛筆，也要有很多知識，否則很難買好用的筆。

常常有人問我要如何買筆，光是聽到這樣的問法，就知道問問題的人是初學者。毛筆的種類、大小那麼多，書法的風格也那麼複雜，毛筆種類和書法風格是有一定關係的，沒有基本的認識，不可能買對毛筆。

現代人學書法，通常在不知不覺中把自己限制在學寫字的技術這個範圍內，關於筆墨紙硯的知識卻從來不具備，也不知道要主動去學習，這樣怎麼可能學會書法？

書法並不是單一存在的技術，書法是用毛筆沾墨、寫在紙張上的學問。筆墨紙硯這些書法的工具、材料，當然對寫字這件事具有決定性的影響，不了解這些和書法相關的知識，而只學寫字的技術，是學不會書法的。

所以，想要學會書法，還是得常常去筆墨莊，不時為自己尋找適當的毛筆。

一張好紙的故事
——廣興紙寮「楮皮仿宋羅紋」製作始末

一九七八年八月，在海外生活了將近三十年後，張大千決定回臺灣定居。

當時物力維艱，張大千苦於沒有好紙可用，江兆申老師時任故宮博物院副院長，和張大千自成莫逆之交，因而想辦法解決張大千用紙上的困難。

一、靈漚館製紙

江老師親自開了做紙的材料、工序，到日本找人訂做。做紙的老先生是位人間國寶，除非訂製的人身分地位相當，等閒之輩可無法讓他輕易動手。

人間國寶派人到臺灣打聽，才知道江老師竟然是故宮副院長，而且本身就是書畫篆刻大師，自然沒有推辭的理由。

日本的人間國寶也很慎重，先小量製作，兩次專程到臺灣請江老師試用，認可後才正式動工生產。

於是這才有了書畫收藏鑑賞界都知道的，張大千和江兆申晚年精品中特有的，印有「大風堂」或「靈漚館」浮水印的名貴紙張；江兆申老師在自己的紙背後，並用上品硃砂印著「靈漚館精製純三椏羅紋宣」、「靈漚館精製楮皮仿宋羅紋宣」。

從一九九一年到一九九六年，在我跟隨江老師的五年時間中，這樣的紙，即使是江老師自己，也很捨不得用，而但凡使用，則必然是江氏作品中的精品。

同樣的筆法，在特別好的紙張上，會散發出不同的驚人魅力。紙張的好壞對書畫作品的影響之大，由此可見。

江老師過世後，靈漚館弟子平均分得幾張江老師留下來的靈漚館精製羅紋宣，十幾年來，我數度想用這張紙畫畫，但總是拿出來欣賞半天，最後又原封不動地收藏起來，實在捨不得用。

雖然捨不得用，我卻把三款靈漚館精製羅紋宣各一種，送給了兩位做紙的朋友——王國財和黃煥彰。

二、廣興紙寮初造楮皮羅紋

我的想法是，靈漚館精製羅紋宣用完就沒有了，而且也只有靈漚館弟子才有，如果王國財和黃煥彰可以做出同樣、甚至更好的紙來，對所有的書畫家來說，才是解決找不到、買不到好紙的方法。

國財兄當時在林試所上班，主要的工作就是研究手工紙。限於人力，只能少量製作，加上實驗所需，常常要變換製作條件，以便測試紙張在材料、製作工法、添加物等各方面所產生的影響，加上他只是研究，並不生產，所以只有少數朋友有幸得到幾張試用。

至於紙張的大量生產，我還是寄望廣興紙寮的黃煥彰。畢竟他有完善的工廠、眾多師傅和行銷管道。

二〇〇一年，煥彰兄送給我上千張他做的各式紙張，其中就有幾款羅紋，雖然不是夢寐以求的那種材質，但也相當不錯。我當時就建議他，實在應該想辦法再做出精製的楮皮仿宋羅紋。

我知道，要做出楮皮仿宋羅紋不是說做就做，江兆申老師當年用什麼配方也不清楚，所以只能等待，更或許，這個願望永遠無法實現。不過，我還是就我所知的，盡量告訴煥彰兄，楮皮、仿宋羅紋，這兩個紙張的特色一定要把握。

二〇〇五年夏天，煥彰兄忽然寄給我兩款楮皮仿宋羅紋，因為沒有心理準備，所以更喜出望外。

那兩款楮皮仿宋羅紋的品相非常好，使用特別新做的紙簾，紋路很漂亮，紙張的厚薄非常均勻，和江老師訂做的紙有點類似。

試畫之後，我帶著作品專程到埔里和他討論這張紙的墨韻、顏色表現。通常，為了測試新紙的特色，我總是會「無所不用其極」地用盡各種方法、技巧去探索紙張的基性和極限。簡單的結論，是「潑墨工筆兩皆如意，受墨呈彩非涇縣新紙能望其項背」。

當時，畫了不少畫、寫了不少字來測試紙張，並且有詩為證：

〈廣興紙寮贈純楮皮羅紋〉

靈漚館製楮羅紋，品相典雅簾深痕；
幾渡東瀛無從問，十年尋覓如追夢。
忽然煥彰寄紙來，翩翩渾似夢裡裁；
恨無巨椽天樣筆，寫盡江山千萬彩。

〔落款〕廣興紙寮紙品多出傳統工料之上，尤能利用臺灣植物另創新品，最為名家激賞，余寫其紙則潑墨工筆兩皆如意，受墨呈彩非涇縣新紙能望其項背，乙酉仲夏忽獲快遞純楮羅紋兩款，絕美可追靈漚館舊製，因寫荷畫山並賦新詩以記其暢懷。

當然，這是讚美優點，可以改進的空間也很大。

我問他，這張紙是否參照江老師的楮皮仿宋羅紋？他這才告訴我他只是從書上得到一點印象，真正的紙張從未見過，所以不知道做得像不像。

於是，我又找了一個時間，專程把江老師的羅紋紙送去給他。

雖然事先說了，但他還是數度問我：「真的要送我？」

說真的，問得我都差點要把紙收回來了。畢竟，那是我自己都捨不得用的紙啊，不過看他仔細端詳紙張的神情，我還是覺得，把靈漚館精製羅紋紙送給有心做好紙的人，確有意義。

三、楮皮仿宋羅紋的誕生

煥彰兄對他的這張羅紋雖然很滿意，但看過江老師的紙以後，覺得還可以再改進，我也覺得在色澤、厚薄和生熟度上，甚至是否打磨等等，要再講究一些。

接下來幾年，煥彰兄不斷改進工法配方，也訂製了有廣興紙寮浮水印的抄紙簾子，並請中科院的朋友研究如何用玻璃纖維來做紙簾子，以改善竹簾難以克服的缺點，每批紙的製作年分也都做在簾子上。一直到二〇〇八年，他做的楮皮仿宋羅紋基本上已經定型。

每次收到煥彰兄的紙，他一定親自在包裝上註明紙的製作日期、重量、編號，以及參與配料、抄紙、烘紙的工作人員的姓名，這些都是以前不會有人注意的細節，也充分展現了做紙人的慎重。

二〇〇九年，我帶詩硯齋書法班學生到埔里，參觀廣興紙寮的做紙工序。那一次，在廣興紙寮看到更多種類的新紙張，非常驚訝，因為煥彰兄做的紙顯然已經更上層樓，我不禁讚美有加。煥彰兄則含蓄回答：「總是要有進步啦。」其實得意之情盡在臉上。

那次看到的紙，有華麗的金箋、銀箋、極薄的仿古雁皮，還有難得的植物染楮皮、礦物染楮皮，以及已經有了二〇〇八製作年分浮水

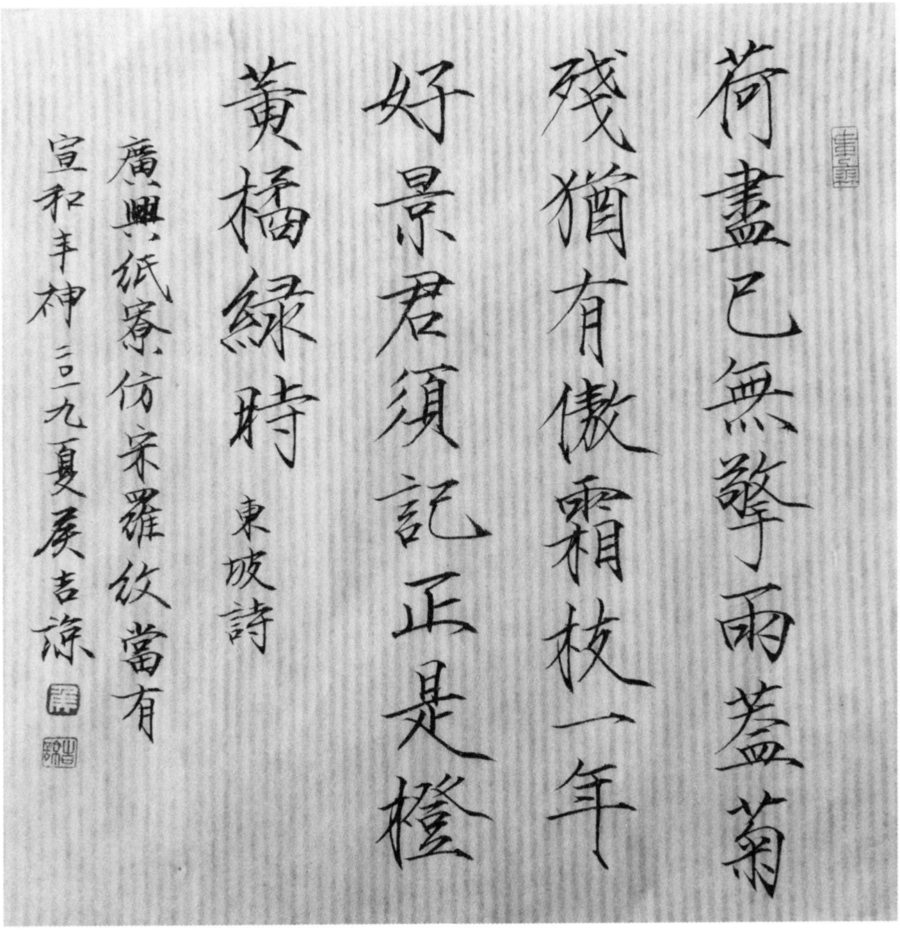
荷盡已無擎雨蓋菊
殘猶有傲霜枝一年
好景君須記正是橙
黃橘綠時
東坡詩
廣興紙寮仿宋羅紋當有
宣和丰神二〇一九夏

廣興紙寮所造的楮皮紙之紋路質感。

印的楮皮仿宋羅紋。二話不說，剩下的楮皮仿宋羅紋，全部都被我們買光了。

從做紙的成就來說，黃煥彰是應該得意，以我用紙的經驗，王國財和黃煥彰做的紙，絕對數一數二。

四、當代最好的手工紙，就在臺灣

很多人常常問我大陸紙張如何、好不好用，等等。我認為，當代最好的紙，就在臺灣。

然而，多年來，臺灣手工紙的市場被大陸的紙張擠得幾乎無法生存，學書畫的人，大多也不知道如何分辨好壞，只在乎價格高低，所以大多買大陸的「宣紙」。

一般人都以為，寫字畫畫最好的紙就是宣紙，事實不然。宣紙有其特有的優點，但宣紙只是手工紙的其中一種。很多人也都以為，寫字畫畫一定要用宣紙，其實也不是這樣，用宣紙來寫楷書，更是要命的錯誤。

唐朝以前的紙張，用的大多是痲、楮等樹皮類的紙，比較不吸水，配合上利如刀刃的硬毫，因此才會產生唐朝楷書那樣的字體。

現代人用羊毫軟筆在宣紙上寫楷書，根本就是自討苦吃。

而臺灣手工紙廠擅長做的紙，正是楮、痲、雁皮之類的紙張，其韌性、強度，遠不是宣紙可以比擬。綜觀歷代書法大師用的紙張，大部分都還是皮紙居多。

所以，我說當代最好的紙，就在臺灣，絕非過譽。可惜臺灣創作、學習書畫的人，大多不了解臺灣手工造紙產業的成就，這也是臺灣手工造紙沒落的主要原因。

不用臺灣紙，真是書畫創作、學習的大損失。

（陳勇佑攝影）

輯三

技巧與風格

臨摹的層次

臨摹是學習書法的基本方法，也是判定書法功力深淺的根據，更是書家一輩子的功課。

臨摹雖然是基本功，但書者功力的高低，表現出來的境界自然是大不相同。

最基礎的臨摹，在於筆畫形狀、大小、粗細，彼此的搭配呼應，除了學習一種特定風格的技法，也藉此深入閱讀經典，領略美之所在。

有基本功力的臨摹，至少要做到筆畫靈活自然，結構接近原帖，要達到這樣的成績，沒有經年累月地練習是不可能的。

一般人在臨帖上下的功夫不夠，往往寫個幾次就見異思遷，長期下來，可能寫了很多種字帖，但每一種都只停留在皮毛的層次。檢驗的方法只要看看下筆的角度是否乾淨俐落、筆畫是否有力道，或是收筆的形狀是否充足完美等等，功力高低，即可清楚分辨。

高明的臨摹，則以形神俱似為標準，簡單來講，就是做到像影印機一樣準確。絕大部分的書寫者做不到這個層次，也不明白這樣做的原因，於是會提出各種質疑或反對的理由，辯稱寫字貴在有自己的風格，何必做古人的奴隸云云，其實都是寫不出原帖形貌的說詞。

臨摹就是要像，像了，才能複製原帖的技法，沒有原帖的技法就不會像。說到底，還是功力的問題。

高深的臨摹，當然就不只是像，而是能注入自己的習慣與理解，從原帖的基本精神面貌去寫出新的風格。因此，雖不會完全一樣，但仍然保有原帖的味道。

基本的臨摹不會像，高深的臨摹也不會像，但兩者的不像，有天差地別的距離。基本臨摹的不像，純粹是功力不夠；高深臨摹的不像，則是功力爐火純青以後的自我發展。

高深臨摹後的發展，經典例子是何紹基的〈張遷碑〉、臺靜農的〈石門頌〉、江兆申的〈九成宮醴泉銘〉，都是在原帖的基礎上發展出自己的風格。

但這種發展不一定是好的。有些書法風格本身已經很完美，最多就是完美的複製再現原帖，再發展出來的東西都是多餘的。最好的例子是瘦金體，宋徽宗的瘦金體在二十二歲寫〈千字文〉時就有完美的技法，筆畫特色和結體風格都已經有完備的體系；到了中年以後的〈棣棠花〉、〈夏日〉等作品，只是在筆畫結體上更為自然靈動，用筆原則基本上和〈千字文〉沒有太大的變化；但到了〈祥龍石〉、〈牡丹花〉之類的行書風格出現時，瘦金體的特徵反而減弱，也可以說宋徽宗寫瘦金體的特色退步了，其中有多種原因，但高峰的不易維持可見一斑。宋徽宗本人的書寫尚且如此，更何況後人的臨摹。

就學習的角度來說，從有基本功的臨摹，到高深的臨摹，是一條漫長的過程，對一種字帖沒有長年的深入研習，很難進步，也有可能一輩子都進不了高深臨摹的堂奧。其關鍵在於書寫習慣的建立、閱讀原帖的精細、書寫工具材料的講究等等，如果始終只用一定的方法臨摹，進步幅度會相當微小。至於所謂的「背臨」——以自己的意思臨帖，這些都是火候不足的辯詞，大可一笑置之。

至於高深臨摹之後的發展，那更是「只能意會而不能言說」。以前擅長「二王」行書的師大汪中教授和臺靜農交情深厚，受到臺靜農影響，他也臨摹〈石門頌〉，但終究不能脫離臺靜農的風格，而筆力又顯稍弱，自然沒能達到臺靜農的境界。高手如汪中都如此，更何況是常人。

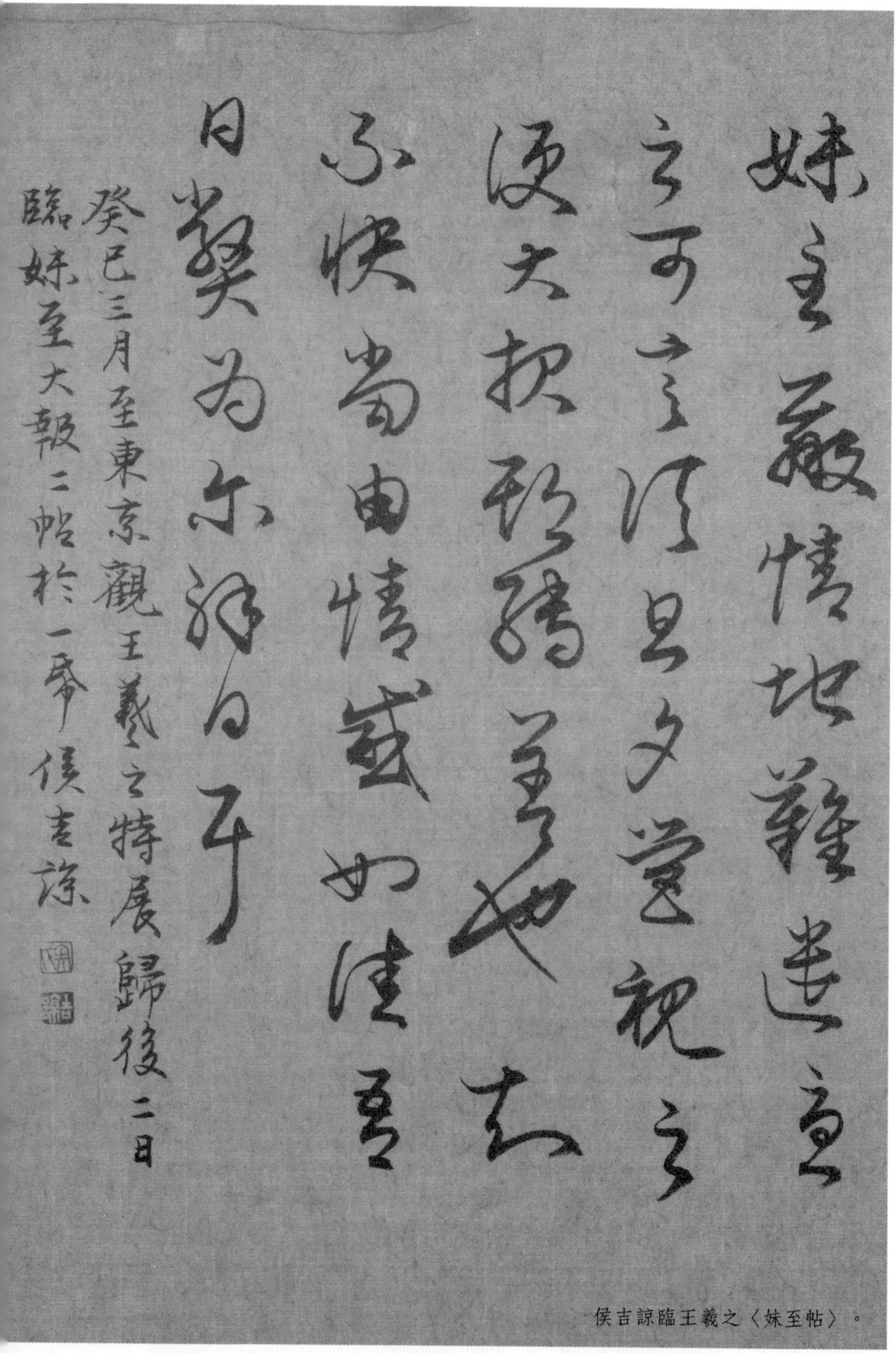
癸巳三月至東京觀王羲之特展歸後二日
臨妹至大報二帖於一本 侯吉諒

侯吉諒臨王羲之〈妹至帖〉。

臨摹的像與不像

大部分的人寫字，大多只能寫到有「一點像」，書法家可以寫到「很像」的也不多，可以寫到一模一樣的，那就更少了。

臨摹的「有一點像」、「很像」、「一模一樣」，其意義是什麼？在自運的時候，會產生什麼差異呢？

臨摹只有一點像的，其實就是功力火候不到，結構不穩定、筆畫形狀不及格、筆力軟弱。這樣的字，無論如何虛張聲勢，都只是徒有其表。

臨摹是一種不折不扣的練功和功力累積的方法，多下一日功夫，就多一日功力，絲毫可見；當然，前提必須是認真臨摹，如果只是寫自己的字，功力是無法累積的。

書法功力的主要表現，在毛筆的控制能力，毛筆的控制力決定了筆畫的質感與結構的精準。筆畫質感不及格、結構不穩定，當然就不會是好字。

楷書結構穩定，比較容易理解，靜態的幾何結構可以清楚地分析其架構。行草的結構，則是透過筆畫的粗細、運筆速度，以及筆畫間的空白來表現、掌握，要有強大的筆墨控制能力，方能運用自如；而對觀賞的人來說，也需要一定的訓練才能看出端倪。

許多書法書籍解釋書法的表現、風格，常常「看圖說故事」，極力形容筆畫如何運作、結構如何掌握，而書寫過程中的情緒與意境又是如何表現等等。其實在行草的實際書寫中，一切都如同電光石火，運筆當下往往只是全神貫注地控制筆墨，並無法顧及其他——沒有思考、沒有想法，一切就只有書寫的動作。書法功力的展現，就是在反射動作的書寫中，控制筆墨、行氣、格式的掌握。若沒有千錘百煉的功夫，絕對會顧此失彼。

實際書寫即是如此，並沒有「看圖說故事」所形容的那些情緒、境界等描繪。

然而書法又該如何表現出「喜怒、窘窮、憂悲、愉佚、怨恨、思慕、酣醉、無聊、不平」的情緒呢？答案仍是在書寫功力。

書寫功力表現的是筆畫質感與字體結構，以及行氣與布局。筆畫質感、字體結構若不及格，其他也就沒意義了。

用毛筆寫字需要高度專注，書寫的內容與書寫的情境、心情，因專注而流露筆端，書寫動作與心緒連動，加上文字的意義，寫出來的字就有情緒表現，甚至書寫者的個性、人格都流露其中，讀字的人，自然也會感受這些細膩的表現。

工筆與狂放

朋友說喜歡我的水墨荷花，因為筆墨酣暢淋漓、放任豪邁。

就技巧上來說，水墨藝術的表現，有工筆與寫意兩大類，彼此涇渭分明，各有擅長。畫家能工筆者，大多下筆嚴謹，表現的是筆墨堆疊的功夫，以及胸臆間的經營架構；主力寫意者則約略其形，取勝的是一時的意氣豪情。

經營工筆需要安靜而穩定的功夫，一張畫磨個幾個月是常有的事；而寫意幾乎是三五分鐘就要完成大致的架構，待情緒過了，機會永遠不再。

看畫的人大多能欣賞工筆，寫意則未必——買畫時尤其如此。「這

藝術創作畢竟是一種節制的熱情，如同狂暴的愛情，需要最溫柔的體貼與收束。

張畫要畫多久？」是畫家經常被問到的問題。工筆的精細雖以時間成本為代價，但實在不是藝術價值的所在；寫意潑墨的三五分鐘，如同李白的〈將進酒〉，傾洩而下的豪情，狂奔一千多年。

然而藝術創作畢竟是一種節制的熱情，寫意潑墨雖然豪放不羈，但若過度放任，就缺少了可以回味的蘊藉，所以需要工筆的功夫來收拾，如同狂暴的愛情，需要最溫柔的體貼。

狂放風格，書法以狂草為最，繪畫以潑墨取勝。無論書法或繪畫，最狂放的風格，都發生在格律最嚴謹的唐朝，其中自有難言的奧妙。

從政治、書法到詩歌，唐朝都是最重視規矩的時代，規矩之嚴格，使得唐朝書法與詩發展出最經典的樣貌；但也就是在這樣的時代，產生了最狂放的狂草與潑墨。

嚴謹是藝術極致發展的必要條件，所以唐詩與唐楷的成就後世難追；而極度嚴謹也促發狂放風格的產生，李白、李賀、張旭、懷素的出現，絕非偶然。

大和尚寫字

一、大和尚為什麼要寫書法？

近幾年，幾位大法師特別著意書法，年節時總會見到他們的書法到處張貼，在愈來愈俗惡的印刷春聯中，特別讓人感受到樸拙的清雅。是的，樸拙，不管佛光山的星雲、法鼓山的聖嚴，還是其他法師，他們的字都不是訓練有素、技術精到的書法，他們的字之所以受到喜歡，當然無非是因為其當代高僧的身分。

大和尚寫的字，對一般人來說，總有幾分招祥納福、消災解厄的「法力」，不管信不信佛，大眾總認為，大和尚寫的字比較能「保平安」。

在生活周遭，常常看到這些大和尚寫的字，因此免不了常常看著他們的字，就浮現許多好奇。好奇他們為什麼要寫書法？寫書法對他們來說，有什麼意義？

二、書法史上，會寫字的和尚很多

在書法史上，會寫字的和尚很多，最有名的，應該就是唐朝李白寫詩讚美過「草書天下稱獨步」的懷素。懷素的〈自敘帖〉是書法史上難得一見的草書長卷，其成就千餘年來無人可以超越。

當然，傳為王羲之第七代子孫的智永禪師，也是書法史上赫赫有名的人物，他的真草〈千字文〉是書法的最佳範本之一，馮武《書法正傳》上說：「智永為羲之七代孫，妙傳家法，為隋唐學書者宗匠。住吳興永欣寺，登樓不下四十餘年，積年臨書〈千字文〉得八百本，江東諸寺，各施一本。所退筆頭，置之竹簏。簏受一石餘，而五簏皆滿。取而瘞之，號退筆冢。求書者如市，所居戶限，為之穿穴，乃用鐵葉裹之，人謂之鐵門限。」都是至今為人津津樂道的故事。

晚唐還有一位和尚「高閑上人」，可能受到懷素的影響，也喜歡寫草書，可惜寫得並不是很好，但卻因此出現了一篇非常重要的書法論文，那就是韓愈寫的〈送高閑上人序〉，韓愈在文章中說：

往時張旭善草書，不治他技，喜怒、窘窮、憂悲、愉佚、怨恨、思慕、酣醉、無聊、不平，有動於心，必於草書焉發之。觀於物，見山水崖谷、鳥獸蟲魚、草木之花實、日月列星、風雨水火、雷霆霹靂、歌舞戰鬥，天地事物之變，可喜可愕，一寓於書。故旭之書，變動猶鬼神，不可端倪，以此終其身，而名後世。

簡直把書法可以表現的內容，提升到無以復加的地步，當然也因此可以理解，在古人心中，書法具有多麼不可思議的功能。

所有高僧中，我最不明白的，是拋棄了人間所有一切色相執著的弘一大師，不知為什麼，他對書法始終未能忘情，所以留下了難以計數的書法作品，讓我們庶幾可以感受到一代高僧的風範。

弘一大師的書法有非常堅實的基礎，他的魏碑寫得非常道地。〈張猛龍碑〉用筆險峻、結構奇詭的風格，寫得非常透徹，但就是這樣原始、剛烈的字體，竟然被弘一大師轉換成看似柔若無骨、實則勁道內蓄的風格。

三、星雲大師的書法

比較起來，星雲大師寫的字，就更「素人」一些，或者更可以乾脆地說，星雲的字就是素人書法。

當然，如果星雲不是大師，而只是普通的和尚，或許他寫的字不會有這麼多人關注，如果他不是信眾滿天下的佛光山開山者，他的書法也不可能在世界各國到處開巡迴展。

很多人說他們看到星雲寫字，如何如何感動，我想，感動的原因，也因為他是大和尚。

如果換是別的和尚寫字，或許給人的感動就不會那麼多。這就是宗教的力量，就算是再平常的一句話，從大和尚嘴裡說出來，就似乎特別有道理。

我看星雲大師寫字，也的確有些感動，感動的當然不是他寫的字有多好，也不是他寫的句子有多麼啟發人心，更不是因為他是大師，所以就感動。

我感動的，是星雲大師對寫字這件事的執著。他寫得好不好，有沒有書法價值，他應該有自知之明的。然而，他還是繼續在寫，而且默許他的徒子徒孫們，這麼大力地宣傳他的書法。我個人的猜測是，對星雲來說，書法是一條與大眾結緣的大道，透過書法，他可以和許多從未謀面的信眾對話。

那是一種沉默的心靈溝通，透過書法的線條、結構與文字義涵，讓看字的人專心注視書法，深思文字的內涵，而忘卻俗塵、沉澱心靈。這是宗教的力量，也是書法的力量。

書法是所有藝術中，最容易體現「當下即是」的，下筆不能悔改、只能前進，一如時間的永不停止。因為眼睛不好，所以星雲大師寫字必須一氣呵成，不能半途停頓，否則沒辦法掌握字形結構和位置，只能一筆而下，一筆完成，所以號稱「一筆字」。

不過，在《星雲大師一筆字》專刊上，有一段醒目的「編按」，說：

星雲大師罹患糖尿病四十餘年，致近年視力模糊，但依舊揮毫不輟，並憑藉「心眼」和「法眼」齊用，成就獨門「一筆字」書法絕學。

從專業角度來看，坦白說，我對這樣的編按並不認同，覺得實在過譽。星雲大師的成就、地位已經夠崇高，不需要、也沒有必要這種過度的讚美。

過譽還無所謂，主要是會誤導人們對書法的正確認識。

因為就書寫的技術來說，所謂「一筆字」，其實只是很自然的寫字方式。

受到錯誤的楷書寫法的影響，很多人認為，寫毛筆字就應該是一筆一畫地寫，刻意描繪一筆一畫的形狀，然後搭架組織起來，成為一個字，他們這樣認為，也這樣寫。這樣寫字，可能好看，但沒有味道，因為字不是這樣寫的，字是要一個字、一個字地寫，甚至是一句、一句地寫的。

古人用毛筆寫字，無論寫信、寫草稿、寫文稿，甚至寫給皇帝的奏折、店家做生意的帳本，當然都是一句、一句寫的，古人寫書法，很少像現代人寫楷書，一筆一畫、寫一個字要花三分鐘那樣地寫。

所以對熟悉毛筆正確使用方式的人而言，所謂「一筆字」實在不能算是什麼獨特的功夫，更不需要什麼心眼與法眼。

當然，也可以說心眼與法眼並非有誤。的確，當你「用心」以有「法度」的技術去寫書法，那麼，時時刻刻都會用到心眼與法眼。但我寧願把心眼與法眼換成比較平常的名詞；用心眼與法眼這樣的形容詞，再搭配星雲大師的身分，很容易讓人感到玄祕神奇，我覺得這樣反而不好。《金剛經》所謂「法尚應捨，何況非法」，平實談論星雲大師的書法，才是最好的方式。

星雲大師寫字的一筆而成，其實是不得不然的結果。

因為視力模糊，所以只能一筆而成，因為在筆畫行進的過程中，字形隨之出現；筆畫有長短、字形有結構，一旦停下來，因為看不清楚，所以會不知道上一筆的準確位置在哪裡，下一筆就無從寫起，所以只能一氣呵成，一筆寫完。而這樣寫字，恰恰好合乎了寫字的基本要求。不刻意求道，反而技進於道。這才是讓我感動的地方。

這麼多年來，我一直提倡「書法要回歸寫字」這個基本功能的態度，因為我相信，透過毛筆這個需要高度專注才能掌握的書寫工具，專注在寫字、表達文意的原始基礎上，可以喚醒人們被高科技文明催眠的、許多已經迷失的感性與思維。

在星雲大師的書法中，我看到的，就是這種非常樸素的寫字。因為樸素，因為筆不停歇，親身書寫的過程，可以見字如見人，有了書法文字的意義和內涵，更可以見字如見法，所以，星雲大師的字，確實值得一觀。

書法與技法

一、心靈手巧與藝術家

一般大概都認為，書畫家必然心靈手巧，所以可以創造出美麗感人的藝術。

尤其手是否靈巧，常常被用來認定有沒有天分。

也確實，歷史上大部分的書法家大多是手巧的。尤其是王羲之、宋徽宗、趙孟頫等人，他們的天分首先就表現在手的靈活上，他們那種靈巧、精緻的筆法，一般人即使苦練，也很難練得出來。

然而王羲之、宋徽宗、趙孟頫這樣的天才，千百年來也不過出過這麼兩三位，其他的書法家，依我看就不見得都是手巧的。

例如顏真卿、柳公權這兩位唐楷大師，我就不覺得他們的手很巧，仔細分析他們的筆法，並沒有太多的細微變化和精巧。顏真卿的書法以雄渾見長，但他的筆法卻甚為單調和公式化，比起歐陽詢，技巧可以說遜色太多；柳公權的楷書比較秀氣，筆法也漂亮一些，但前兩年北京故宮出版一部柳公權寫的〈蘭亭詩〉，其筆法之凌亂，讓人大吃一驚。

名列「北宋四家」之首的蘇東坡，大概是四人當中手最不巧的。蘇東坡的寫字習慣是「單鉤、斜管、枕腕」，不太符合一般認為的寫書法要雙鉤、懸腕，他的字重而拙，而且有明顯的缺點；而主張寫字要雙鉤、懸腕、擅長草書的黃山谷，其實用筆也不精巧，他的筆法以字形結構取勝，然而筆法總是直來直往，就像他的號，很「魯直」；至少，黃山谷的技巧比米芾、蔡襄都差多了。

清朝的金農更是手拙到不行，他那一手風格獨特的「金農體」，刻板到像木刻字體，幾乎沒有什麼正統書法上的筆法可言。

右頁圖｜蘇軾〈致季常尺牘〉。
（國立故宮博物院，臺北，CC-BY-4.0）

一夜尋黃居寀龍不獲方悟半
月前是曹光州借去摹搨更須
一兩月方取得恐 王君疑是翻悔
且告子細說與纔取得即納去
却寄團茶一餅與之旌其好事
也 軾白
季常 廿三日

然而事實證明，這些書法家的手拙，並不妨礙他們成為一代名家或大家。

二、以拙為美

書法史上最大的美學反撲，應該是清朝時期魏碑的興起，許多當時的書法論述甚至認為，魏碑的美，比千百年來的書法主流「二王體系」還厲害。而魏碑卻是由一些不知名的民間工匠刻寫出來的，技法拙劣、字形歪斜，而且錯字連篇。雖然說魏碑的興起有其特殊的時代原因，清朝人也未免過度推崇，無論是美學特色或因之而起的書法理論，都很有商榷的餘地。然而，不論如何，魏碑確實有一種很搶眼的特色，樸拙勝於精巧。

相反的，歷史上也有一些手極巧、書寫技術高明的書法家，雖然紅極一時，卻很快被人遺忘，例如明朝的解縉。解縉的草書流暢到極點，沒有高明的書寫技術是辦不到的，加上他是明朝第一位內閣首輔

（等同宰相），所以求字的人很多，連外國使節到中國來，都要想盡辦法以昂貴的價錢買到解縉的書法帶回本國。然而，解縉的影響卻非常有限。

所以說，手巧的書法家並不一定占便宜，而手拙的人也可以寫出很厲害的書法。

因此，我常常告訴想要學書法、卻擔心自己沒有天分的人，寫書法不需要天分，只要努力，發揮自己的特質，一樣可以寫出很有味道的毛筆字。

更何況，人總是對自己有天分的事物感興趣，自己做不來的、不能理解的東西，往往很難引起太多的關注。所以興趣就是天分所在。

只是每個人的天分不一樣，這也是書法（包括其他藝術）可貴的地方。如果書法只有天才才創造得出來，那麼王羲之之後就不必再有第二個書法家了，但整個書法史也就不會如此繁榮茂盛了。

寫書法不一定要有天分，寫出風格也不一定需要高明的技巧，但這並不是說寫字可以隨便亂來。

例如，很多人說弘一大師的字沒有技巧，所以學弘一的字很容易，這是很大的誤解。

弘一大師的字其實是在技巧上、人格上已經達到反璞歸真的境界，他的書法沒有棱角、沒有漂亮的結構、沒有強烈的轉折，甚至沒有所謂起承轉合的各種筆法，但那是收斂了所有的技巧之後的呈現，正是佛法修養、人格品性融入筆墨的最高境界。把繁複的技法化為無形，那可是不得了的技法。

書法的理性與感性

一、《書譜》的寂寞與繁華

二〇一一年初冬，在參觀了幾次故宮展出的《書譜》之後，我再次有了臨寫《書譜》的興致。

《書譜》是唐朝中葉書法家孫過庭的作品。孫過庭在世的時候並不著名，當時他官小人微，雖然書法寫得非常精湛，但影響很小。

現在社會分工精細，許多藝術家可以憑著本身的修為和成就揚名立萬，但古時候並不是這樣。一個書法家如果沒有相當的家世和官職，是不容易得到社會重視的，即使名列「北宋四家」的米芾，書名遍天下，連本身是書法天才的皇帝宋徽宗，都要欽點米芾到皇宮來「表演」書法，但米芾也沒有因為他的書法成就而受到更多的重視。

米芾的名氣大，與他時有往還於當時的文化名流之間也有很大的關係。孫過庭則相當寂寞，他死後由詩人陳子昂為他寫的墓誌銘說：「元常既歿，墨妙不傳，君之遺翰，曠代同仙。」已經算是相當不易了。唐代的《續書評》提到他，也不過寥寥數語：「過庭草書如懸崖絕壑，筆勢勁健。」但也總算被記了一筆。倒是他的《書譜》卻流傳了下來，而且對書法的發展產生極大的影響。

最主要的原因是，《書譜》雖然不是最早的書法評論，卻可能是比較系統性討論書法理論的著作。整篇文章並不長，只有三千五百字左右，但內容龐大，從書法歷史、名家風格、書法美學、書法本質和書法的創作與欣賞，都有「結論式」的論述。

《書譜》的流傳和影響，主要是因為他的書法論述，而不是因為孫過庭的書法，因為孫過庭不是很有名，《書譜》墨跡也只有一本，後來雖然有了碑刻，但和墨跡相差太大。二十幾年來我對《書譜》的

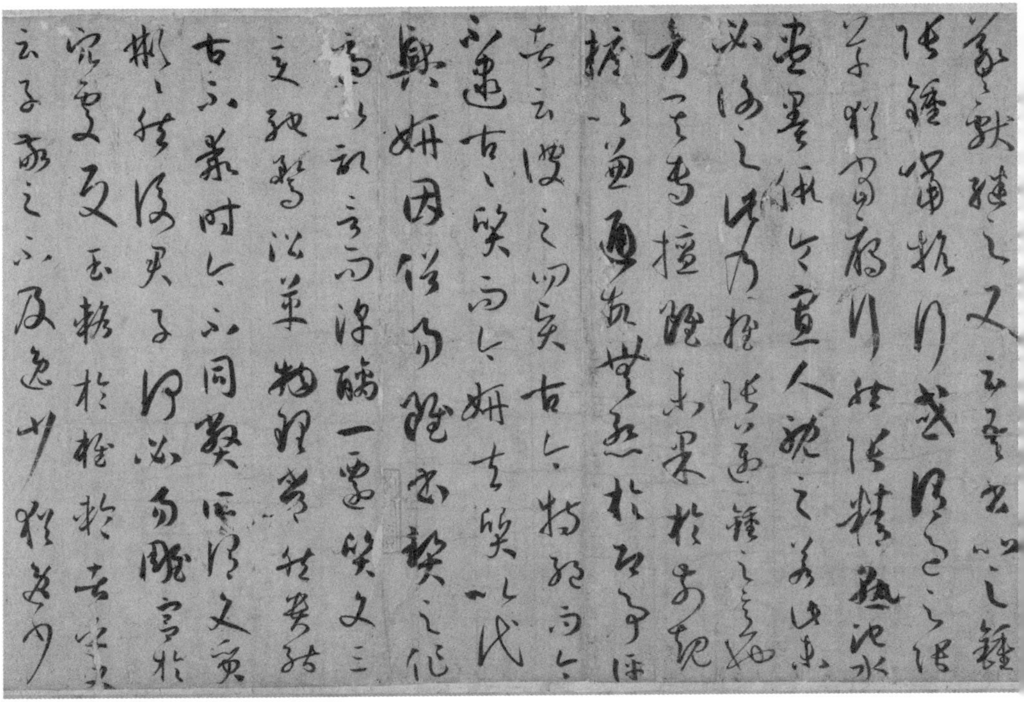

孫過庭的《書譜》。（國立故宮博物院，臺北，CC-BY-4.0）

重視，主要還是在它的內文，而不是因為書法。

這幾年故宮連續展出《書譜》，也對《書譜》做了一些科學研究，所以臨寫《書譜》的興趣就慢慢培養了起來。

一寫之後才發現，以前對《書譜》的書法顯然太過輕忽了。這也印證了我常常說的，研究書法光看是沒用的，連我自己看《書譜》看了這麼長的時間，都沒看出《書譜》的厲害，更何況一般人？

二、〈自敘帖〉自得其樂

相對於孫過庭，中唐另一位書法家懷素名氣就大得多了。懷素最有名的是草書，而且是狂草，他的名氣大到可以和張旭並列，張旭的草書在唐代幾乎和神話一樣，在杜甫的詩作〈飲中八仙歌〉裡，張旭就名列其中，詩中歌詠張旭「張旭三杯草聖傳，脫帽露頂王公前，揮毫落紙如雲煙」，也成為後人頻頻引用來形容書法的名句。

懷素的草書和張旭齊名，有「張顛素狂」之譽，而懷素草書最有名的作品是〈自敘帖〉，從名稱可知，內容是懷素的「夫子自道」。

懷素是個和尚，卻吃肉喝酒，並沒有嚴格遵守出家的清律，但這些都不及〈自敘帖〉的內容那麼讓人驚訝。

〈自敘帖〉除了簡單記載懷素是長沙人，幼而事佛之外，其他內容都是引用當代名人對懷素其人其書的讚美，文中談到當代名人為懷素寫的詩歌多到「動盈卷軸」，各式各樣的讚美無所不有。因而可以想像，懷素用最能傳達心緒的狂草，來寫這些讚美自己的文句時，是多麼筆墨激切，再不懂書法的人，都可以從〈自敘帖〉豪放不拘的筆法中，感受到痛快無比的一個爽字。

三、書法的理性與感性

《書譜》是草書，〈自敘帖〉也是草書，有趣的是，同樣的草書，表現出的卻是一個理性、一個感性。

孫過庭的筆法非常精緻，點畫和結體都很靈活、自然、漂亮，精

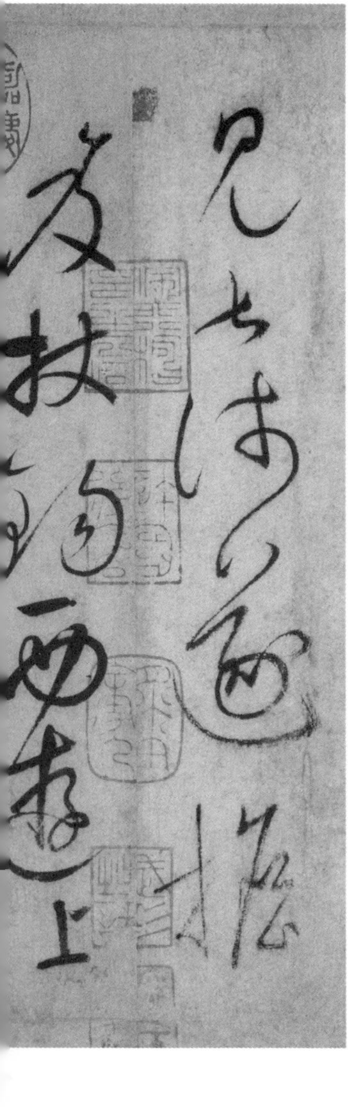

妙的筆法充滿各種優美的線條和節奏，沒有高度、甚至是精密控制筆墨的能力，不可能達到這樣的成就。

懷素的〈自敘帖〉就完全不同，他的草書豪放不拘，線條的行走和墨韻的變化非常大，字體的大小相差也大，可以說除了精熟的技術之外，主要是由書寫的情緒在表現書寫。

對一般人來說，〈自敘帖〉的精采是比較容易欣賞的，因為〈自敘帖〉的字大，風格變化很容易看得出來，尤其是配合文字的閱讀，很容易激發「落筆如雲煙」的想像與感受。《書譜》相對就比較不容易欣賞，除了字體比較小之外，《書譜》的文字內容多為敘述說理，自然也比較不會引起閱讀的感性連結。

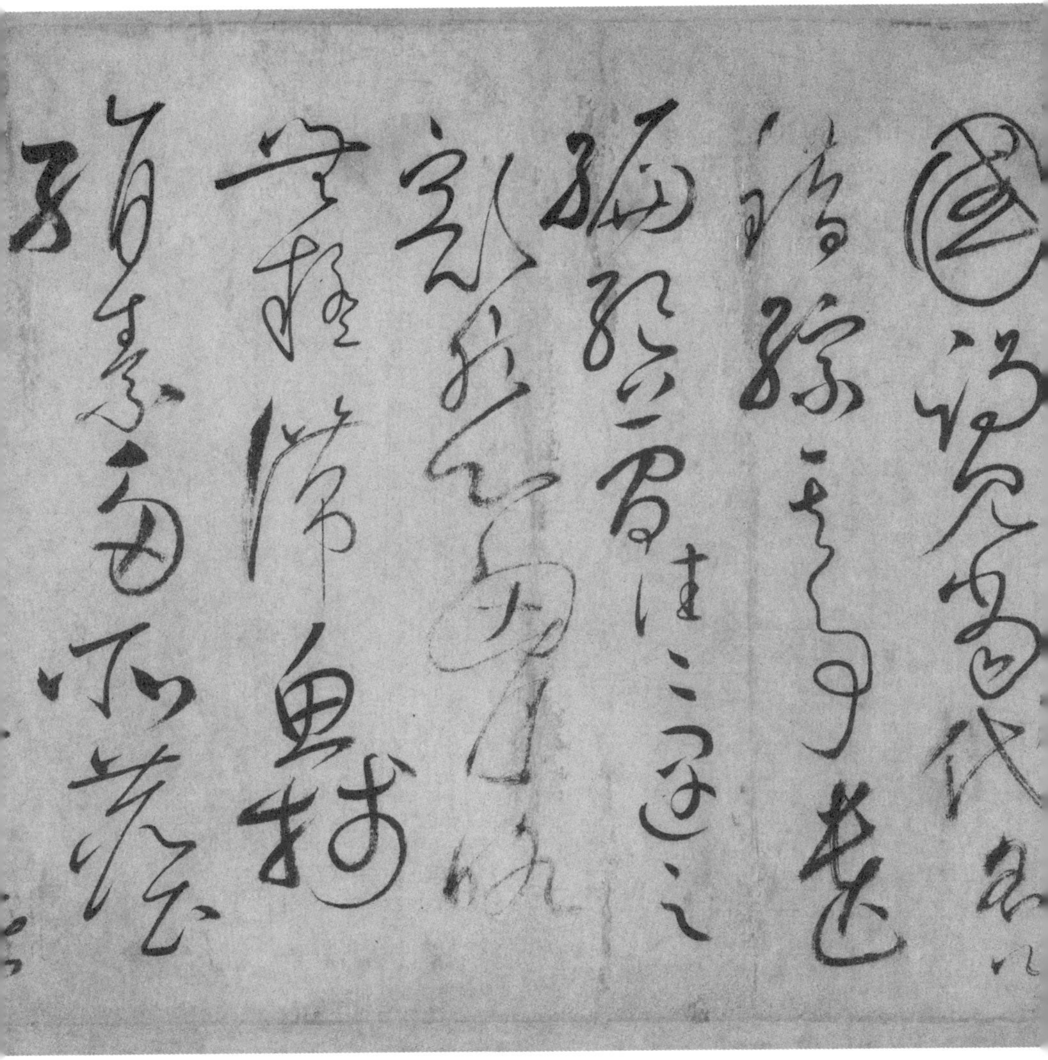

懷素的〈自敘帖〉。（國立故宮博物院，臺北，CC-BY-4.0）

但《書譜》是歷史上所有草書中，最精微細膩的作品。南宋高宗對《書譜》非常推崇，他的草書成就即來自長年臨摹《書譜》，也因為如此，《書譜》才逐漸受到人們重視。

〈自敘帖〉的魅力一眼即知，不管有沒有學過書法，都能夠感受懷素書寫情懷的酣暢淋漓；但要懂得《書譜》的高明，沒有一定的書法基礎是很難理解的。

對我來說，《書譜》有如草書的聖經，除了高明的書寫技術，其文字內容更是揭發了千百年來學習、欣賞書法所可能碰到的各種問題，而且孫過庭都已經有所分析和解答。如果說，在所有的書法理論中只挑一篇最好的，那無疑就是《書譜》。

總體來說，〈自敘帖〉是抒情的，《書譜》是說理的，但〈自敘帖〉也有敘述的部分，《書譜》當然不乏抒情的筆法，兩者的成就都是前無古人、後無來者，而這樣的草書成就，卻發生在楷書的理性精神最鼎盛的唐朝，這似乎也是書法的理性與感性必然同時並進最好的說明。

宋徽宗的粉絲與假瘦金體

瘦金體是宋徽宗獨創的書體，其風格和成就在書法史上可謂獨一無二。宋徽宗的瘦金體在歷史上雖然占據一定地位，但因為政治評價的關係，影響不大，學習瘦金體的人非常少。

不過，在宋朝的敵國金朝，卻有一位皇帝是宋徽宗的大粉絲，那就是金章宗。

瘦金體自宋徽宗成為亡國之君後，漢人幾乎沒有什麼人有興趣學，倒是他的敵國皇帝金章宗非常崇拜宋徽宗，寫的就是瘦金體一路，但並未能到家。

顧愷之〈女史箴圖〉後有瘦金體的題跋，有一些著錄認為是宋徽宗親筆。其風格筆意雖有幾分類似，但缺少宋徽宗瘦金體的風流自然，筆畫過於尖利，不夠內斂，比較可能是金章宗的手筆。傳為李白真跡的〈上陽臺帖〉，其題籤和跋文就有可能是金章宗所寫。

一、瘦金體書跡真偽及評價

《宣和書譜》是中國北宋宣和二年（一一二〇年）夏秋間，內臣奉宋徽宗之命所編纂的歷代書法作品的品評彙編，全書二十卷，載錄宣和時御府收藏的名家書法墨跡，自漢魏至趙宋一百九十七家、一千三百四十餘幅作品，每種書體前都載明源流脈絡、作者生平簡介及遺聞軼事，敘述詳盡，體例完整，內容精細，具有極高的書法美術史料的研究價值。

對於御府收藏的書畫整理，宋徽宗非常用心，比較特殊的作品往往親自題籤以示珍重。有了宋徽宗題籤，等於就是皇帝認證、絕對保真，但也因此，假的宋徽宗題籤、題跋，就成為仿冒的目標。

有宋徽宗題籤的作品如隋展子虔〈遊春圖〉、唐閻立本〈職貢圖〉、唐孫位〈高逸圖〉、唐韓幹〈牧馬圖〉、五代周文矩〈文苑圖〉、黃居寀〈山鷓棘雀圖〉、五代南唐衛賢〈高士圖〉等，確是趙佶親筆無誤，這些作品也的確品相非凡，都有獨特的面貌。

但傳歐陽詢〈張翰思鱸帖〉、李白〈上陽臺帖〉、顧愷之〈女史箴圖〉，字體雖然有一點瘦金體的樣子，但筆法、結體、精神相去甚遠，至少題籤、題跋不是宋徽宗的真跡，但也不損作品原作的價值，只不過是不是歐陽詢、李白、顧愷之真跡，卻值得商榷。

宋朝內府的確有收藏過李白的作品，《宣和書譜》亦有記載如下：

今御府所藏五：

行書：太華峰、乘興帖。

草書：歲時文、詠酒詩、醉中帖。

可見〈上陽臺帖〉不在《宣和書譜》的記載之中，也可以旁證那個宋徽宗的題籤和跋文是假的。

〈上陽臺帖〉是託名在唐代詩人、書法家李白於天寶三年（七四四年）創作的紙本墨跡草書書法作品，現收藏於北京故宮博物院。

北京故宮對〈上陽臺帖〉的說明，認為是李白自書其四言詩，共二十五字，既概括了王屋山高聳峻拔之勢和源遠流長之水，亦透過讚頌司馬承禎的作品，抒發了作者對其的仰慕之情。

且不管〈上陽臺帖〉是否為李白的真跡，就書法作品來說，〈上陽臺帖〉確有一定功力、不凡品味，唐代書跡能夠留傳至今，當然值得珍愛典藏。

漢人不學瘦金體，是因為宋徽宗作了亡國之君，他的曾外孫金章宗學瘦金體，是因為羨慕崇拜宋徽宗的文化素養。宋徽宗在位二十二年，他領導下的宋朝創造了歷史最繁華的盛世，北宋之所以滅亡，未必全是宋徽宗的責任。

「宋徽宗在位期間，中國幾乎是世界上最先進的國家。在位二十多年間，這位極富藝術天賦的皇帝引領宋朝達到了文化上的鼎盛。」美國學者伊沛霞以數十年時間完成《宋徽宗》一書，有極為詳細的研究。

宋徽宗對中華文化的貢獻以及他個人的藝術成就，都被嚴重地貶低了。

二、學寫瘦金體有絕對標準

瘦金體是楷書發展的極致，宋徽宗天分之高，難以想像。瘦金體的難，首先是筆性特殊，沒有非常準確的技術，瘦金體很難表現；二是字本身的結構非常精準，沒有非常高的天分，也不可能寫好瘦金體。

歷史上的經典名家很多，歐陽詢、顏真卿、柳公權都是入門首選，就算學得不好，也都可以有幾分面貌。所以即使學得不太像，似乎也沒有什麼特別的關係。

唯獨瘦金體不能不像，因為瘦金體的結構非常精微，差一點點就失去瘦金體特有的味道，所以宋徽宗的瘦金體是絕對的標準，只有宋

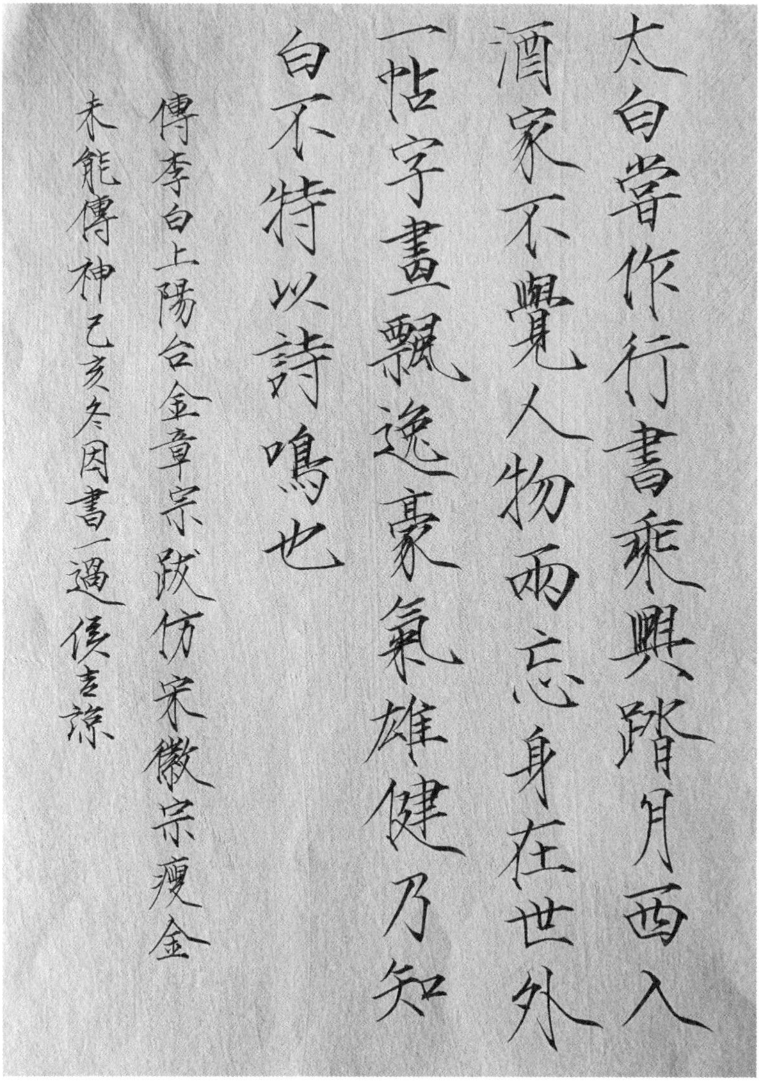
太白嘗作行書乘興踏月西入
酒家不覺人物兩忘身在世外
一帖字畫飄逸豪氣雄健乃知
白不特以詩鳴也
傳李白上陽台金章宗跋仿宋徽宗瘦金
未能傳神乙亥冬因書一過侯吉諒

侯吉諒改寫金章宗書李白〈上陽臺帖〉跋。

徽宗的字才是瘦金體，凡是不像的，就通通不能說是瘦金體，更沒有什麼「××氏瘦金體」之類的說法。

民國以後，學瘦金體的人漸漸多了，想必是因為照相印刷進步，人們終於可以看到宋徽宗瘦金體的真跡，即使只是印刷品，但也可以真正地來認識瘦金體之美。

一九四九年以前，學瘦金體比較有名的是工筆畫家于非闇。于非闇五十歲以後才開始畫工筆，卻能夠傲視群倫；他學宋徽宗以瘦金體搭配題字，在水墨為主流的當時可說是獨樹一幟。

一九四九年以後，寫瘦金體有名的，當然就是前故宮副院長莊嚴了。莊嚴一輩子為守護故宮文物南遷費盡心力，到臺灣以後的一九五〇年，隨故宮文物遷入新建成的霧峰北溝庫房，全家定居霧峰北溝十五年，每日寫字、散步、喝酒，直到一九六五年，因故宮於臺北外雙溪的新館落成，遂移臺北。他的友人都是當代書畫名人，因而形成了一個極有傳奇色彩的文化氛圍，他寫的瘦金體也因此常常被提到而備受矚目。

臺靜農先生認為：慕陵（莊嚴）以能臨摹宋徽宗的瘦金書，大有興會。除兩人習帖悉由薛稷、褚遂良入手，路數相仿。但更重要的是莊嚴先生才性所致，故其書瘦金體：「懸筆高，下筆疾，大有輕騎快劍，一往無前之慨，這一境界卻不是人人所能夠達到的。」

不過嚴格說來，莊嚴的瘦金體受限於時代因素，在毛筆紙張的選擇運用上不夠恰當，所以他的瘦金體並沒有十分到位。總體說來，還是以他濃厚的文人筆墨引人入勝。

清朝以後，宣紙、羊毫成為書寫的主流，一般人總是認為寫字就是要用羊毫和宣紙，其實用硬毫筆在熟紙（不洇墨）上寫字，才是書法的正統方法。但這樣的認識一直到二〇一〇年左右才慢慢被書法家所認知。莊嚴活動的時候，宣紙當道，加上當時物力維艱，書畫家沒有太多的選擇，因而也限制了他們的創作。

除了少數如張大千、江兆申幾位「講究得起」的畫家，應該說大部分的書畫家都還是比較受限的。

以往常常有人說詩人周夢蝶的書法是瘦金體，大概是因為周夢蝶的字很乾瘦，所以有此一說；然而，周夢蝶的字完全沒有瘦金體的特色，瘦金體的華麗、雍容、貴氣、瀟灑，周夢蝶的字通通都不具備。事實上，周夢蝶的人過於枯瘦冷澀，也寫不來瘦金體。

寫字，還是要有幾分性情相近，才容易學得會、學得好。

二〇〇〇年以後，瘦金體在大陸開始受到廣泛的注意，許多人開始投入比較多的心力研究瘦金體。二〇一四年隨著小說、電影《盜墓筆記》的流行，瘦金體的曝光率逐漸增加，因為小說中的主人公吳邪寫的也是瘦金體。

二〇一九年，以宋朝為背景的連續劇《鶴唳華亭》播出，劇中人物寫的瘦金體受到大眾注意，終於形成一股瘦金體的熱潮。尤其值得注意的是，喜歡瘦金體的，以一九九〇年左右出生的一代居多，想必是瘦金體的華美風格，能夠切中現代年輕人的美感經驗吧。

由此看來，瘦金體變成書法的另一主流，亦是大有可能。

（陳勇佑攝影）

輯四

文人與書畫

文人書法

近年文人書法市場行情大增，臺灣的周夢蝶、余光中，香港的董橋，大陸留美的張充和，頻頻在拍賣市場上創下紀錄，價格之高，許多寫字出名的書法家肯定感到不可思議。

其實把文人和書法家分成兩類，不過是數十年前的事。以前的文人，至少胡適、徐志摩那一代，都寫一筆好字。鋼琴家傅聰的爸爸傅雷在民國二〇、三〇年代是很重要的翻譯家，前兩年大陸出版了傅雷的手稿，整整齊齊的毛筆、鋼筆小行楷寫在格子紙裡，真是讓人看了嘆為觀止。

一、有「文人味」的作家手稿

一九九〇年代，我在《聯合報》副刊工作的時候，應該看遍了所有大小華文作家的手稿，除了少數幾位比較年輕（但也比我年長）的作家寫得比較普通，大部分的作家手稿都很耐看，字不一定漂亮，但總是充滿難以說明的「文人味」。當然，那些手稿都不是用毛筆寫的，連臺靜農、江兆申都用硬筆了。

當時並不知道，再過十年，就是文人「寫稿」的最後時光了。一九九五年網際網路開始大量、快速地普及，從此之後不管年長年輕，不用電腦寫作的作家很少了，加上電子郵件、即時通訊興起，文人寫字的機會大大降低許多。

董橋、周夢蝶、余光中大概是當時最重視寫字品質的作家，一筆一畫都有味道。

余光中的文稿乾淨俐落，報章經常用他的詩文原稿刊登，不只是賞心悅目，還有讀詩手稿的那種特別味道。

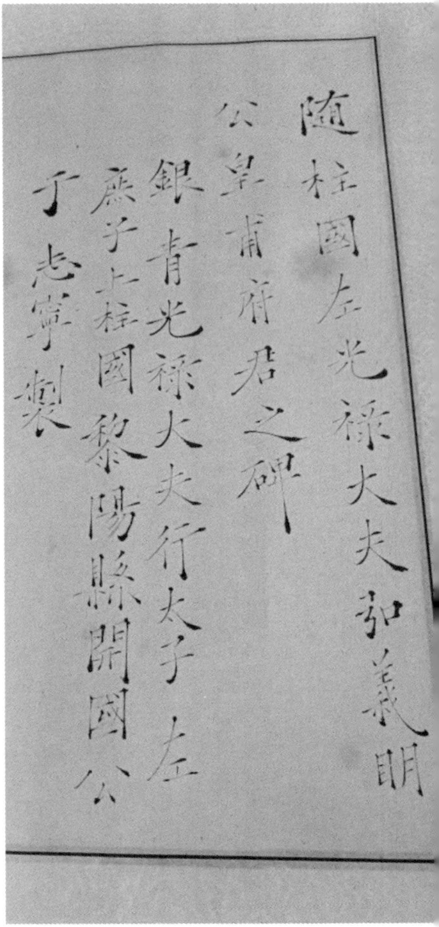

周夢蝶書跡。

周夢蝶寫的字近來幾乎成為美的傳說，他不管寫什麼，信件、文稿、詩稿，每個字都慎重得像是在心中過濾多次才下筆。

將近二十年前，劉滄浪從美國回來，在向明女兒、畫家董心如家聚會，周夢蝶也來了，劉滄浪拿出事先準備的詩集請周夢蝶簽字，周夢蝶想了許久，可能有十幾二十分鐘，才在書上題了一個「夢」字。

那天大家談詩喝酒，興致很高，事後回想，卻如夢中情景，所有的細節都忘了，就只記得有這麼一回事。當時覺得，要寫那個夢字，何必花那麼多時間思考，後來卻愈想愈有意思，真的如夢。

董橋的字是標準的書法字，他小時候在印尼長大，長輩重視中華文化傳統，所以書法、詩詞的根基打得很深，在號稱復興中華文化基地的臺灣，恐怕也沒多少人有董橋的舊學底子。

海外華人不能生活在自己的文化、語言環境中，重視起傳統文化反而比臺灣、大陸還殷切。其中，馬來西亞的溫瑞安、方娥真是我們這一代的傳奇人物，他們筆下的故土情懷比當年校園民歌歌頌的大陸風光還令人動容。

一直到現在，馬來西亞還是不斷出現不少傑出的作家，黃錦樹、黎紫書都文字老練得令人驚豔。陳大為、鍾怡雯在學生時代就創下不少得獎紀錄，畢業後在臺灣教書，也都很有成就。

菲律賓則有一群喜歡寫詩的企業家，數十年來不間斷地推廣、出版詩作。王勇每到一處便遍訪書畫家、作家，人脈奇廣，他把這些資源運用到菲華的文學刊物上，海內外大概沒人比他做得更好。

張充和的字也是屬於清秀一路，「合肥四姐妹」雖然沒有「宋氏三姐妹」那樣顯赫，但張氏姐妹的人生經歷也已經是傳奇了，在文人心目中，或許比宋氏姐妹更值得親近。

董橋寫了很多他收藏書畫的故事，張充和占了不少篇幅，喜歡董橋的人愛屋及烏，也是理所當然的事。

二、作家的書法字

作家中會用毛筆寫書法的不少，但真正下功夫的，就我所知，只有洛夫一位。洛夫年過五十拜師三石老人謝宗安，每天勤奮練習，許多字帖他都練過，所以他的字是很正統的書法，他的絕活是把現代詩的句子寫成書法，不管條幅或對聯，都是只此一家、別無分號，想學都沒辦法。

和洛夫一起創辦《創世紀》詩刊的張默也愛用毛筆寫字，他用毛筆抄錄了許多詩人的代表作，然後捐給中央圖書館。張默選詩的能力非常高明，幫爾雅出版社編過幾本詩選都很暢銷；隱地中年後開始寫詩，而且成績亮眼，和他出版的詩集一定有關，而張默抄寫的那份毛筆手稿，想必也是精心選錄。

張大春早年以小說成名，聲勢顯赫一時，後來寫起舊詩和書法，而且頗為勤勞，他的字也有可觀之處。

嚴格說起來，近現代作家文人的字並不能算是技術厲害的書法，但他們寫的書法流露出來的文雅氣息、人情故事，卻有許多值得讓人更深入探討的趣味。他們的字從來不只是書法而已，如果是朋友間的信件或詩詞饋贈，更可以引出不少典故，買他們的字，與其說是收藏書法，不如說是收藏一種情懷、一種對舊時代風流的嚮往。

文人寫字本來就是理所當然，只是時代遷移、科技興替，文人和書法慢慢也就分開了。曾經有好幾位作家朋友問過我，某某先生的信件簽名下面寫的那個字是什麼？我說，那不是一個字，是兩個字，叫「頓首」；那是以前文人寫信最後的結束語，有一種莊重、謙虛的意思，但又往往寫得很瀟灑，有時甚至就是一筆畫成，像是樂曲結束前華麗的炫技。

文人看不懂書法，只是時代使然，但書法家不懂文字，就比較嚴重了。

以前文人寫書法是日常的生活應用，臺靜農的信件比較簡樸，大概都是有話就說一類，紙張也不講究，甚至就是隨便的一張便條紙，簡單地把事情說清楚就是。倒是這樣的紙條珍惜的人不少，所以二〇二一年臺大舉辦的臺靜農一百二十歲紀念展中，有不少這類的文件。汪中的信札很有名，也講究紙張，同為師大教授的弟子沈秋雄編過一本汪中的尺牘集，文采、書法、信箋紙張都極為可觀。

其他像莊嚴、張隆延、吳平、王壯為等書畫篆刻家也都有不少書札存世，從中可以窺見不少故事。

比較正經一點的寫作品，不是抄錄短文，就是寫點詩詞，總歸是要有內容的文字，現在主張創意的書法家不重視文字，再不相干的字也可以湊起來寫成作品，更糟糕的是把許多粗野、下流、謾罵的句子寫成作品，真是糟蹋了書法。

書法當然不必都是文雅精巧的內容，顏真卿〈祭姪文稿〉承載了國仇家恨，滿紙是修改塗抹的痕跡，但只有那樣的內容才讓那樣凌亂的視覺有了深刻的意義。許多當代書法只是隨便亂塗亂灑，任意地飛白、濺、噴，既然要「做」這樣的東西，何必辛苦練字？寫字而沒有內容，真不知書法的意義在哪裡了。

相較之下，那些技術不是很厲害的文人書法，的確更有收藏價值。

文人字

有人送了朋友一幅字，讓這位朋友覺得不吐不快。送的字是一位作家寫的字。

大概二〇〇〇年前，許多作家都還是手寫稿件，所以有點年紀的作家，無不喜歡動手寫稿，影響所及，也有不少人喜歡用毛筆寫字。

文人寫字本來是天經地義的事，但用毛筆寫字，就未必。文人字寫多了，通常會比一般人熟練，也有一點特殊的味道，但如果說到書寫藝術的價值，就不一定了。

不知道從什麼時候開始，出現了「文人字」這樣的名詞。文人字是什麼意思？有什麼特殊內涵？有什麼比較厲害的地方嗎？

一般來說，文人字大概是指字的形象有文人儒雅、瀟灑、風流、不羈等特色，即使沒有訓練、缺乏技法，甚至寫得歪歪扭扭，也可以「很有味道」，其實未必如此。

我在《筆花盛開》這本書中，談了不少文人寫字的故事，寫的多是我認為字寫得比較好的作家。其實字寫不好的作家更多，有的作家的字，甚至可以用幼稚或可怕來形容；那還是用硬筆，如果是用毛筆，就更不堪了。

文人寫毛筆字，以前是理所當然，現在是鳳毛麟角，即使用毛筆，也未必是行家，因為愛寫的人比較多，會老實練字的很少。更何況，就好像大陸作家汪曾祺說的「寫字本是遣興，何必自尋煩惱」，如此一來，不練字就更理直氣壯了。

不練字而愛寫字，可能是許多作家的常態，反正是愛寫，自娛總是可以的，但如果拿出來展示或販售，甚至讓人覺得那樣的字也可以標榜成美麗的書法，就可能是笑話、甚至是罪過了。

周夢蝶的書法淵源

民國八十年，周夢蝶要我幫他刻一枚姓名章。文壇前輩指定刻章，我照例是不收任何費用，因為有他們的肯定，就是最好的報酬。但文壇前輩一向很了解禮尚往來的必要，於是就有了這件〈周夢蝶臨歐陽詢〉。這件作品極長，有五公尺，最後題了我的名字。以創作時間來說，周夢蝶寫這件作品，恐怕是刻印章的十倍以上。前輩們的風範如此，讓人感念。

這件周夢蝶臨的歐陽詢長達五公尺，我拿到的時候，是已經裝裱好的，讓周夢蝶花了許多錢。

周夢蝶生前非常清貧，只靠每月幾千元的退休金和不固定的稿費收入生活，但他對朋友非常大方，這件手卷即是最好的例子。

周夢蝶的字在文壇獨樹一格，常常有人誤解是瘦金體。周夢蝶的字，當然與瘦金體沒有絲毫關係。

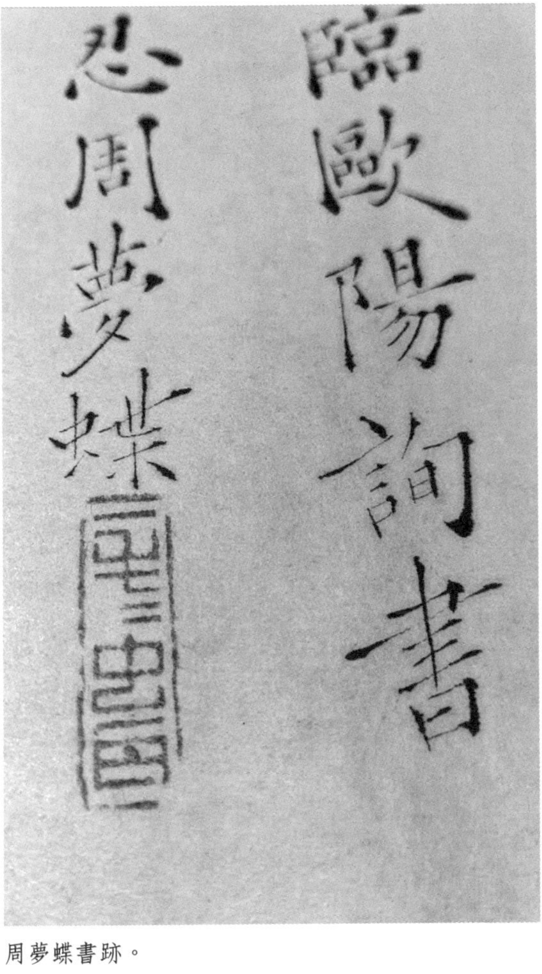

周夢蝶書跡。

受到此事影響，此後我一直覺得周夢蝶的書法來自歐陽詢，雖然歐陽詢的筆法、字形結構和周夢蝶的臨本有相當距離。

二〇二三年十月，我整理東西時，找出周夢蝶臨歐陽詢的這件作品，拍照貼到臉書，收藏碑帖的專家康必寬留言說：「筆畫很像是臨朱岱林墓誌！」

朱岱林的墓誌我不熟悉，上網查了資料，看圖片的確比歐陽詢更近似周夢蝶的字，同時也查到周夢蝶有臨朱岱林墓誌的作品拍賣紀錄，那麼就可以間接證明，周夢蝶的書法的確和臨朱岱林墓誌有相當關係。

一個人的毛筆字通常都會有一定的源頭，從唐朝的歐陽詢、顏真卿到近現代的康有為、張大千、于右任、臺靜農、江兆申，都有清晰可辨證的書法源頭。周夢蝶的字比較接近用毛筆寫硬筆字，但他畢竟在臨摹上下過許多功夫，所以他的書法有一定的源頭，也就可以理解了。

數十年來，始終沒有人搞清楚過周夢蝶的書法源頭，康必寬的說法值得重視。

如果深究工具材料與技法風格之間的關係，我會認為，周夢蝶的書法風格，可能是刻意的，但更有可能是毛筆紙張的特性造成的。但無論如何，周夢蝶的書法來源大致可以上推到初唐、北魏，應該是沒有疑問的。

李義弘的榜書〈常鮮〉

二〇二三年秋，李義弘師兄忽然離世，雖說已經高齡八十二，但印象中他一直身體很好，聲若洪鐘，能吃能喝，所以還是錯愕感傷。

臉書上看到李義弘師兄的高足梁震明兄的文章，談到他們常去吃的海鮮餐廳，並有一張李義弘寫的榜書〈常鮮〉，讓人眼睛為之一亮。

雖然說書畫同源，古人也常常標榜「詩書畫」三絕一身，但在時代的分工下，現在的畫家會寫字的，可說愈來愈少了。

比較特殊的是，在江兆申老師「靈漚館」門下的諸多學生，全部都是書畫雙能，不僅可以提筆寫字，而且筆下功夫極為扎實，熟悉幾種經典書法風格，同時擅長篆、隸、行、草、楷，可以說都是等閒事。

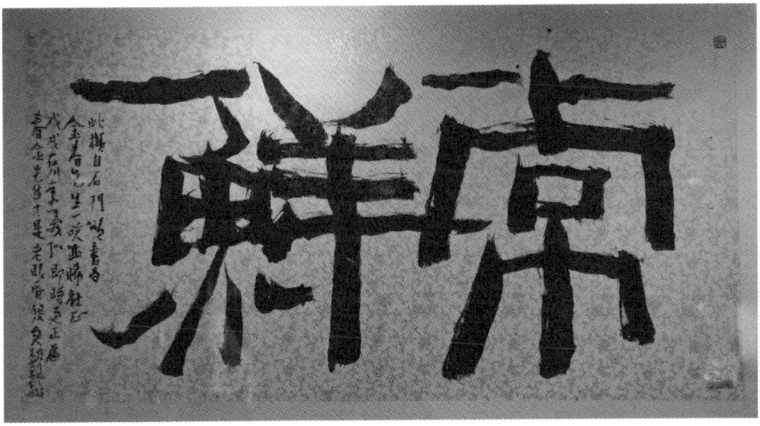

李義弘的榜書〈常鮮〉。（梁震明攝影）

李義弘師兄的書法神形極似江兆申老師，與周澄、陶晴山不分軒輊，六十歲以後特別著力於〈石門頌〉的臨摹，自此筆力更上層樓，書法結體也愈見辛辣，時見出奇的筆法中，又暗含法度，讓人驚異。

書法的臨摹自古有「易入不易出」之說，意思是，臨摹像古人還比較容易，像了以後還要有自己的面貌，那就困難了。

臨摹就是模仿，模仿久了，當然就會被臨摹的風格限制住，筆畫質感、字體結構、精神神采等等，到達「形像」以後，的確很容易被既有的面貌困住。

然而李義弘的書法似乎從來沒有這個問題，即使早年他的字非常像江兆申老師，但還是有自己的味道在其中。

要達到「能像又能不像」這樣的能力，大概要歸功於他的繪畫方法。早年他出版過一本極重要的書《自然與畫意》，揭露了他如何運用筆墨特性，把自然景物蛻變為繪畫的方法。

這個從自然到畫意的方法，其實與書法從臨摹到自運的方法、精神類似，都是功力深化到一定程度之後的自然轉化，於是自己的面貌就神奇呈現了。

這種方法說來簡單，其實很困難，在可學與不可學之間，憑藉的不但是寫實的扎實能力（臨摹也是一種寫實），更需要天機煥發的靈巧神采。

對一般人來說，寫實和臨摹要達到一定的高度，已經是很困難的事了，畢竟臨摹與寫實都需要高超的「還原技法」，沒有一定的天分和努力是不可能達到的。

更難的當然是像了以後的不像。繪畫不是照相，高度寫實固然是一種技術成就，但絕非繪畫藝術的價值所在，如何把現實的風景轉化為心中的山水，才是畫家最強大的能力。

以書法來說，要建立自我面貌，也正是這種轉化的能力。

李義弘師兄的〈常鮮〉本乎〈石門頌〉，但字體巨大，遠非〈石門頌〉可以望其項背，所以下筆特別需要龐大的氣勢與推衍，加上使用的是金色印花紙，所以墨濃而氣盛，下筆有藏有切，運筆穩重中有微妙的速度變化，字體的結構很自然地在運筆的過程中轉化了〈石門頌〉的原本面貌，而有李義弘自己的風格。

李義弘在書畫材料上的講究與使用允為當代第一，從〈常鮮〉的紙張選用、種類、大小都已經決定了他想要表現這件作品的基本樣貌；而毛筆的選擇與使用，當然也因為紙張大小、材質而有相應的變化。

在創作之前就對毛筆、紙張的選用胸有成竹，是一般書畫家難以企及的修養，也是一般觀賞者很難真正理解的部分。

李義弘在書畫紙張的選用上有他非常高明的地方，其中的主要關鍵，是他想要表現的效果與技法，所以在紙張、材料上的選擇，本身就是極高明的修養，若沒有高超的技法、對紙張材料的深刻理解，無法在創作之前選擇適當的工具材料。二〇二三年，北美館展出李義弘的回顧展，其紙張、材料、形式之豐富多樣，令人嘆為觀止。一般人看一件作品，多半是作品本身的表現結果，但對畫家來說，紙張材料的選擇是表現技法的基礎，這種「畫外功夫」正是李義弘最擅長，卻也是最被忽視的一部分。

〈常鮮〉值得注意的還有落款的形式，他的落款和一般把受書的名字頂天抬頭不同，而是寫在鮮字涵蓋的範圍內。這個位置非常特殊，並巧妙地讓受書者的名字與作品本身結合得不可分割，其用意深刻，但觀者未必能充分領悟。至於誤寫店主名字而後特別註明「即時更正」，因而衍生出的第三行下半與第四行，反而被他巧妙地拉長字數，而與〈常鮮〉的結構形成穩定的視覺效果，這種功夫雖然是李義弘師兄的雕蟲小技，但卻是一般書畫家很難達到的境界。

落實到書法本身，李義弘寫的〈常鮮〉顯然和〈石門頌〉原作有一段距離。〈石門頌〉剛好有「常鮮」二字，所以很方便比對原帖，看李義弘如何推陳出新、化古為己。

首先是常的起筆三畫，基本上遵循原帖的筆意結構進行，之後因應紙張的大小規格，字體結構很自然地拉長。原帖的常字稍扁而細，在李義弘的作品中字形拉長變粗，這是為了「充滿版面」自然而有的變化，如果按照原作，勢必顯得空闊，不夠緊密。

「鮮」字在原帖中也是扁而細，李義弘在寫「魚」字第一筆的時候還是緊跟原帖，寫得很長，中間的「田」部分結構也是原帖的樣式，呈上窄下寬的不規則四邊形；這種寫法在隸書中經常見到，也是隸書「古樸」的韻味所在。〈石門頌〉因為刻在山壁上，無法完全平整，筆畫有時會有奇妙的彎曲，這點在臨帖中最難掌握。「田」的最後一筆筆畫變細，有點碑拓不平整的味道，如果四邊都寫得非常飽滿，就失去碑刻的味道了。

「魚」的末四點是隸書的寫法，我猜想李義弘寫的時候，並未對照原帖，而是根據記憶書寫，加上紙張大小的關係，所以這四點明顯拉長變形，筆法也出現了第三點的楷書切筆的動作，這是背寫古帖很常發生的狀況，但畢竟這是隸書，所以在第四點又回復隸書的藏鋒起筆、迴鋒收筆，達到穩定結構的效果。

寫到「羊」字的時候，臨帖與自運的筆法再度交互出現，有點行書筆意的「羊」字頭兩點增加了整個字的靈動感，在原作中也是這樣的表現，而接下來三筆橫畫又完全是隸書筆法，尤其最後的長畫不直而直，還是回到隸書的標準筆法當中。

最值得注意的是，「羊」字的最後一橫侵入「常」字，這樣的結構安排應該是一時興起，但也和繪畫的視覺技法有一定程度的關係。這一長橫很巧妙地把兩個字的空間緊密結合，使「常鮮」兩字成為一體。這種技法在黃山谷之後的草書中經常出現，但一般寫隸書，還是以單字獨立為原則；李義弘這樣的處理方式，無論是一時興起或胸有成竹，都值得細細品味。

在上述的運筆描述中，可以清楚看到書寫當下的筆法轉換，臨摹與自運的交互出現表現得相當自然，這種寫法是李義弘的習慣性動作，在他的其他作品中很容易見到，同時由於是極大的字體（一三六×七〇公分），筆畫的進行與變化有足夠的時間處理，如果是寫小字的話，就未必可以寫得這麼流暢。

書法風格的建立本來就是極為困難的事，雖然說每一位書法大家的字體都有其特色，但要形成風格，尤其是強烈的風格，卻很困難。許多現代書家在風格中苦苦追求，甚至用了許多非書寫的技法，噴灑揮濺，刻意在字體上作各種變形，但可觀者不多，主要原因在刻意經營，反而落入皮相。

當代書家中，臺靜農亦擅長〈石門頌〉，他以抖動的筆法寫出橫畫，最後形成自己的面貌；汪中以同樣的方法寫〈石門頌〉，卻顯得軟弱了一些，其中自有功力深淺的問題，而如何化古為今，更是一大考驗。李義弘以寫為本，加上他畫家經營畫面、掌握材質的本領，〈常鮮〉一作，實在值得細細品味。

先文人，後畫家
——略談江兆申先生的詩文創作

一、江兆申的文學成就

江兆申先生是近代最傑出的文人畫家之一，這點早為論者所公認。但在有關江兆申的評論中，鮮少觸及其文學上的成就。

文人畫的美學觀念在元代之後，徹底影響中國繪畫的價值標準，並從此主導了中國繪畫潮流。

文人畫的重要，是在寫實主義已經發展到巔峰的情形下，把繪畫的發展從外在世界的描摹，轉化為畫家個人內心世界的表達。這是非

江兆申（左）是近代傑出的文人畫家。

常不容易的轉換，其中牽涉的層面非常廣泛，至少視覺經驗與心靈感受的轉換，就不是一件容易的事。

但對傳統文人來說，由於他們能詩能文，善於抽象思考與表達，再加上他們普遍善於使用毛筆，可以輕易掌握繪畫的技術與元素，藝術語言的轉換變成詩畫合一，其結果便是「詩為無聲畫，畫為有色詩」，詩情與畫意即統攝融合在文人畫家身上。

當然，文人畫在數百年的發展中，也逐漸僵化為既定格式，因此很多人誤以為，把《芥子園畫譜》那樣的技法重新組合，就是文人畫，殊不知，對一個畫家來說，要成為文人畫家，就得先文人、後畫家。

江兆申之所以比其他畫家更高明的地方，正是他文學的造詣與創作的能力。

文學的造詣，指的是對古文經典的深入研究；創作的能力，則在詩文的表達書寫。只有書寫而沒有造詣，容易流為空泛；只有造詣而沒有書寫，則不能把古文經典的知識轉換為個人的修養；要再轉換成為繪畫的內涵，就更不容易。

在江兆申親自審訂的年譜中，從學溥心畬先生時期的記載，全部都是讀書的紀錄，這樣的紀錄，必有深意，江兆申先生未言而言的，或許是——博覽群籍，正是「文人」最基本的條件。

江兆申的文字藝術，即根基於扎實的古文經典。

除了故宮出版的《雙谿讀畫隨筆》、《關於唐寅的研究》等書畫學術文集，一九九七年七月初版的《靈漚類稿》，是江兆申親自規劃整理、指示出版的唯一文集，畢生思維、才情、學術見解、藝術研究盡收其中。

二、書畫祕笈《靈漚類稿》

《靈漚類稿》彙集文稿，分為四類。第一類為「詩古文辭」，收錄詩文百餘首。第二類為「書畫論叢」，收〈新入寄存故宮的明佚名畫〉等評論書畫文章共十三篇。第三類為「故宮讀畫箚記」，共八百三十九則，四百一十八頁，占全書三分之二，是江兆申用力最多的文字創作。除畫件說明外，並評論其藝術特點，極受重視。第四類為「東西行腳」，為江兆申於一九六〇年代赴美參加討論會，並參觀各大博物館及私人收藏所寫，對經眼的書畫多所評論，讀此可知中國書畫域外收藏之一斑。

「故宮讀畫劄記」，即為臺灣故宮館藏書畫說明，其寫作風格樹立了臺灣美術館藏書畫說明的典範，文字精準簡潔，但也並未失之單調。

這樣的書寫風格，看似容易，其實非常困難，敘事、抒情、說理、評論合而為一，表面上只是書畫說明，但江兆申卻做到一字不贅、不易的境界，展現了精湛的文字修養和高明的書寫表達能力。

以第一三三則〈宋人　冬日嬰戲圖　軸〉為例，正文第一段如此形容：

梅石茶花，襍以蘭竹，童嬰戲於其下，小貓亦跳躍其間。本幅筆墨，與蘇漢臣〈秋庭戲嬰圖〉極其接近。山石皴法，嬰兒口、眼、與手，皆無一不神似，而尺寸大小亦復相若。或同出一手，為四屏景，亦未可知。

短短八十九字，除了用白描文字形容畫的內容，更評論其技法源流，指出可能的作者，以及原來的可能格式，其功能已經遠出「書畫說明」，而含蓄指涉的風格與格式，其實正是江氏個人對該件作品結論式的看法，對此有興趣的研究者，很容易在這樣的寥寥數語中，找到研究的大方向，而不至於茫然無所適從，也不至於胡亂比附想像，失去研究的重點。

這樣的文字特色，展現了江兆申博覽古畫、胸羅名跡的知識學問，其範圍幾乎等於故宮重要藏畫的全部，其中才學，放眼當今，似乎數十年來尚無人能及。

「故宮讀畫劄記」是理性的文字，側重清楚、明白，而古文詩詞，則最能表現江兆申的文學造詣，展現了一般畫家難以企及的感性能力。

三、江兆申的詩情

江氏的詩，用字古雅、音韻合節、講究格律，在古詩的眾多「規矩」中從容出入，沒有相當的訓練和扎實的文字基礎，很難做到。現代人能有這樣的修養，非常不容易。

更難的是，江兆申的詩都有所描繪、有所寄託，並非一般的文字堆砌。〈五月三十日今救虎閣中觀畫寄謝萬戈夫婦紐約〉二首，寫訪友觀畫的情景★：

窗外滄江躍碧瀾，窗前卷軸晝生寒；
論詩論畫惟君健，談笑驚筵結古歡。

玉板新芽煨菌尖，油黃炙鴨薦梅鹽；
雲煙發興初經眼，翠釜銀罇俊味兼。

這樣的詩極為寫實，可以想見觀畫的地點「今救虎閣」臨水面江，有綠色欄杆，屋中採光非常良好，因此觀看古畫竟有「畫生寒」的感覺，「談笑驚筵結古歡」一句，則帶出下一首描寫與友人餐筵的新奇經驗感受，細膩描繪宴會美食，彷彿可以聞到烤鴨的香味，非尋常堆砌典雅文字的作品可以相提並論。

江兆申的詩，除了用字典雅，還有一個極大特色，充分表現了他的畫家本色，那就是高明的「寫景」能力，或者可以說，他根本就是在用文字記錄畫面與感受。試看名為〈題畫〉的幾首詩，莫不如此：

獨樹聳寒山，幽泉咽巖石；
飛鳥時一聲，畫破橫空碧。

★作者註：原文都無標點符號，為方便閱讀，筆者以一般習慣標誌之。

群蟬翳葉咏驕陽，六月南州熱正狂；
務簡地偏車跡少，午風一枕臥溪涼。

四面湖山隔市塵，小鮮能佐小壺春；
此間著意無些子，一塊巉巖一個人。

值得注意的是，這樣的題畫詩，並不只有寫景，其中還有記事，都是作者自己的切身體驗，而不是單純的描繪景色，也不是純為題畫而已。也只有這樣的詩作，才能深刻表達作者的真實情感，其中關涉的，是寫作的基本態度，而不只是文字的功力而已。

現代人寫古詩最大的問題，在於不容易掌握時代的氣氛，容易落入古典詩不斷重複的題材與風格面貌。從這點來看，江兆申詩中的現代感，尤其難能可貴。他的〈竹枝詞八首〉，最能代表其寫狀現代的功力。詩有小序，云：「遊美半年，遠方之人所見多新異，信筆泐成竹枝詞八首，鴻泥印雪，所紀一時，容有續篇，俟諸來日。」既然「所見多新異」，所以雖是「信筆泐成」，江兆申筆下所寫，自見新奇：

相逢萍水一猶疑，教用刀匕吐語遲，
字字細聲加剖析，窗前雲影撲蛾眉。

此詩顯然寫飛機上偶與西洋女子鄰座，因語言不是非常熟悉，即使禮貌寒暄亦猶疑的心情，幸好藉著機上共餐的機會，因教學使用刀匕，而有了共同的話題。似乎當時所遇的女子容姿出色，所以在這樣語言不是很流利的情形下，還有「窗前雲影撲蛾眉」的讚美。

這樣的讚美，在第二首有更細膩的描繪：

淡淡脩眉護碧睛，長裳曳地白羅輕；
生憎縛束拋鞋襪，赤足金絲繫小鈴。

這是對西洋女子的工筆細寫了。傳統詩人能狀寫人物、形容聲色的，並不多見；蘇東坡詞多寫美人嬌態，允為文字風流，千年後江兆申有此一作，令人驚豔。「赤足金絲繫小鈴」，更是前人未曾描繪之手法角度，頗為活色生香。

第四首的題材甚為有趣，但一眼即知吟詠的對象：

金瓜剜作鬼頭燈，剝啄輕敲笑語應；
來去兒童分棗栗，門前疏影樹鬅鬙。

把西洋復活節寫得這樣中國古典，委實不易。當然，棗栗、鬅鬙兩詞過於古典生僻，用在復活節的題材中不免過於典雅，這是現代人寫古典詩不易克服的難題。

第六首也是很有趣的題材：

火烈香濃碎炙牛，鐵叉翻動碧煙浮；

輕談慢咽燈光淡，我覺清閒是此州。

江兆申是美食家，所以對美食的描寫特別生動，加上他對新奇事物的感受非常強烈，用字極為新潮直接，因此多了幾分生鮮靈活，這種表達能力，是寫古典詩的現代人最缺乏的。相對來說，結語「我覺清閒是此州」一句，就不免薄弱了。

書中所錄詩作，還有許多敘事詠物的作品，都是作者一時生活的紀錄。其中有幾首記錄江兆申私人的收藏，題材比較特殊，〈題六朝金銅佛　癸亥除夕守歲作〉篇幅特別長，足見江兆申在短詩之外，對於長詩也有輕鬆駕馭的能力。

我不習禪淨，竊剽迦陀意；天地有成住，人生暫如寄；
順生芟苦厄，苦厄根情智；心同萬馬競，百慮導沉墜；
能堪柳生肘，曲折盡隨器；大歡止懦愚，大戚聊可置。
孔氏重死生，涅槃釋之至；捨肉飽飢鷹，知捨義差備；

瞬息寤壞空，榮瘁偶然遂；水月證圓明，演化遵萬事。
嵯峨鐘磬宣，欲起身反躓；繁言廣長舌，盃航體佛志。

此詩雖然是〈題六朝金銅佛〉，但比較特殊的是，並無一語及於收藏品，而是在義理上鋪陳人生的體會與想法，這類說理詩，在宋朝禪宗盛行之時，因士大夫與禪宗有很深的接觸，所以開始出現禪理入詩的作品，蘇東坡、黃山谷都寫過這類作品，而以王安石所作最得說理之情。至於江兆申的〈題六朝金銅佛〉卻從「我不習禪淨」起句，別開生面，也可以看到江兆申作詩態度嚴謹，並不輕易複製前人觀點。

四、記錄與當代名家往來的作品

先生詩作，另有一類題材，是記錄與當代書畫文學名家往來的作品，最能引起閱讀上的共鳴，〈庚申十一月自摩耶精舍歸賦呈大千居士〉，寫張大千初造摩耶精舍的情景，詩前有序：「摩耶精舍傍外雙溪，而築地不足三畝，而在河床之中者幾三之一，既竣工，覺園林逼仄，因沿岸拓三四尺堤，雙亭移於堤上，溪中積石審其高下，鳩工疊成灘瀨，遂令溪山為之一變。工成趨訪，徘徊堤上，指點煙嵐、平章今昔，適香江徐伯郊在座。」光此一序，便足平視明人小品文之佳作。序文已如此，其詩必有風味。前二首文字所陳，令人如見目前：

高矮雙亭一角山，低回明月伴清瀾；
偶然疊石成灘瀨，佔盡谿聲五月寒。

隨手梅花斜角栽，梅丘片石巨靈開，
一弓小拓回旋地，卻引青山入檻來。

兩首都是以景入詩，末句寫景兼舒懷，一用溪聲提點時令月分，一用青山襯托園林之勝，一用平廣視野，一用高縱景深，用心巧妙，豈尋常哉？

乙亥年〈題臺靜農先生遺墨　乙亥〉三首，已經是江兆申晚年少見的詩作，分別題詠臺靜農先生畫作墨梅、梅花水仙、墨葡萄：

明珠綴蕊珊瑚枝，素魄分光向短籬；
何用縞衣籠瘦鶴，烹茶滌雪淨忘機。（墨梅）

合與逋翁共饗堂，一盆冰玉水仙王；
先生罷酒揮椽筆，細寫閒庭小篆香。（梅花水仙）

春籐轉幹顛張筆，老葉騰翻醉素書；
探驪九淵隨手得，天風海雨欲相呼。（墨葡萄）

這三首詩，不同一般的題畫，因為畫作主人臺靜農是當代碩儒、書法大家，所用典故緊扣臺靜農的身分、長才，這樣的書寫功力，非有才情、學識、交情，無以致之。

《靈漚類稿》彙集江兆申一生文稿，識者莫不珍若武功祕笈，無論「詩古文辭」、「書畫論叢」、「故宮讀畫箚記」，或長文「東西行腳」，幾乎可說字字珠璣。

《靈漚類稿》所展現的文字、文學功力，充分呈現了江兆申在書畫之外，作為一個文人應有的修養，實非泛泛，無怪乎他的書法比一般書法家多了幾許儒雅的自在與老練；而他的繪畫，更在繪畫的技法、視覺的效果之外，多了許多文人的品味與內涵。

傳統繪畫的困境與突破，在一九五〇、六〇年代的臺灣，有過相當激烈的變革與衝突，「創新」似乎成為主流，「傳統」被視為守舊，但無論傳統與創新，其實更根本的困境，在於畫家對文字、文學的日漸疏遠。

數十年後的現在，回顧當時關於繪畫的爭論，可以發現，其實大部分的討論，都忽略了畫家對文字、文學修養的整體缺乏，而且那是一整個時代的所有畫家所共同面臨的窘境，所產生的質變與影響。當時或許難以想像，但驗諸今日臺灣書畫界，書畫家不讀書、作文寫詩的現象，實在應該警惕。

在時代的變異下，現在的書畫家很少能具備在作品上用自己的詩文題款的能力，也可以說，畫家失去了人文的基本素養。在這樣的情形下，如果畫家沒有文人的自覺，繪畫也就只能成為視覺的堆砌與技巧的重複了。無論從事中西繪畫，在臺灣都很容易看到畫家族群對人文素養的普遍匱乏。

江兆申在西畫興盛、中畫衰微，傳統與創新激烈衝突的年代，居然不為時代迷思所動搖，一心安穩在文人畫的主軸中，並因此開創個人風格與臺灣繪畫的重要流派，除了他的書畫成就之外，實在不能不歸功於他深厚的人文素養。

若以一句話總括江兆申的藝術特色，或者可以說，「江兆申是一個文人先於畫家的文人畫家」。江兆申的藝術成就根植於他的人文素養，人文素養豐富了江兆申的藝術成就。江兆申的例子，實在值得重技術、輕內涵的臺灣美術界、教育界深思。

—輯五—

書法有江湖

一字千金從何來

說臺灣近代最有名的書法家是臺靜農，大概沒有多少人反對。臺靜農的書法於二〇一〇年以後價格暴漲，尋常一件對聯高達二、三十萬臺幣。古人形容一個人的字很珍貴是一字千金，臺靜農的字可是一字萬金了。

不過大家也都知道，臺靜農在世的時候，只要有關係，或者託人說情，就很容易得到他的字。朋友之間的書畫交流不說，當年他的學生獲得他的書法作為獎勵的，可能不下數百人，因為老先生從一九四八年至一九六八年擔任臺大中文系系主任達二十年。後來甚至朋友的學生、學生的學生，都有機會得到臺靜農的書法。

臺靜農曾經說他五十歲以後才比較專心寫字，意思是，起初他只是寄情遣性地寫寫字、消磨時間，並沒有想到要以書法名世。然而江兆申先生也曾經說過，就算臺靜農五十歲以後才認真寫字，這樣也認真寫了三四十年，有幾個人能跟他比？更何況，他們那一代的人，都是小時候要刻意練書法的，沒有十分功力，也有一定基礎。等到中年以後用功起來，那就如魚得水了。

一九八二年，臺靜農舉辦了生前唯一一次的書法展；一九八五年出版《靜農書藝集》，同時宣布從此以後不再為人寫字應酬。董橋在一九八六年三月寫了一篇〈聽說臺先生愈寫愈生氣〉：

《靜農書藝集》出版之前，臺先生寫了一篇序文，再以白話文附記於後，引用顏之推的話說：「常為人所役使，更覺為累。」宣布從此不再為人寫字應酬。林文月在〈臺先生和他的書房〉裡說，文章送去發表之前，臺先生要她先讀一讀。臺先生說：「你看怎麼樣？文字火氣大了些，會不會得罪人？」林文月說：「恐怕會喔。」

「那怎麼辦？」「管他呢，你都這麼大年紀了，還怕得罪人嗎？」臺先生聽了說：「說的也是。我愈寫愈生氣！」讀到這裡，想起前幾年我也冒昧求過臺先生一幅字，寫的是惲南田的詩，雖然人人見了都說氣勢格外飄逸，心中不免更覺過意不去。日前收到臺先生的信，真的是用原子筆寫了，想來已經不再為人所役使矣。

臺靜農宣布不為人寫字應酬，不代表找他要字的人少了。比較不一樣的是，以前送送菸酒表達謝意就可以了，以後就要收費了。

臺靜農寫字收費的事，和江兆申先生有關。

一九八〇年代前後，臺灣經濟有了一定基礎之後，各種文化事業也有相應的發展，電影、唱片、出版、畫廊、音樂、舞蹈，甚至藝術經紀公司，都蓬勃發展，其中張大千、黃君璧、歐豪年、江兆申都有許多收藏家，作品亦有一定的「潤例」，畫家和畫廊之間，也就有了一定的交易模式。

當時在阿波羅大廈的鴻展畫廊經營得相當有口碑，畫廊老闆吳鴻章是臺南紡織業者家族出身，有一定的經濟實力，再加上本身喜愛書畫，交遊廣闊、熟悉人際、了解典故，能與書畫家、收藏家往來，許多收藏家無法和書畫家直接聯繫，多半委託畫廊代買字畫；有些特殊要求不好直接向書畫家要求的，透過畫廊也比較容易轉達。

畫廊為了操作，有一定的標準和方便性，自然需要為書畫家訂價，或請書畫家自己訂價，於是臺靜農請江兆申代為訂明幾種規格的潤例，這樣畫廊也有標準可以向收藏家收取一定的訂金，書法市場於是逐漸成熟。

在臺靜農之後「正式上市」的書法家就是汪中了，汪中也是在鴻展辦展覽、在華正書局出版書藝集，基本上和臺靜農的模式是一樣的。因為臺靜農、汪中有了訂價，論資排輩的算下來，從年長到初出茅廬，書法家都有了可以訂價的參考依據。

書法作品的訂價方式

和繪畫比起來，書法的形式比較多樣、特殊，書法行情因而比較沒有一定標準。雖說比較沒有標準，但還是有一定的行情。

事實上，書畫的行情訂價，有非常悠久的歷史背景，要了解書畫的訂價方式，還是得從歷史上的書畫市場談起。

書畫作品的訂價方式，並不是從近代才開始。早在北宋年間，書畫買賣就有一定的市場，在描寫北宋宣和年間舊事的名作《東京夢華錄》中，作者孟元老就記載了大相國寺的書畫市場買賣情形，也記錄了當時有許多商店張掛名書畫家的作品，以招徠顧客。

北宋年間的許多名人如歐陽修、蘇東坡、米芾，甚至皇帝宋徽宗，都收藏不少書畫，書畫買賣市場非常興盛，也因此可以想像必然帶動社會風氣，形成一定的市場機制。

元代的漢人受到政治歧視，社會地位低下，但文人畫卻在這個時候興盛，並成為書畫的主流，賣畫為生的文人不在少數，書畫家之間的交誼饋贈也很普遍，影響後世極為深遠的黃公望〈富春山居圖〉，就是應友人之求畫的。

明朝的政治環境相對安定，當時最富庶繁華的蘇州地區不但出現了影響最大的吳門畫派，也帶動了蘇州的書畫產業，形成了相當健全的市場規模。

到了清朝，書畫的收藏更加普遍，加上清朝特別流行碑刻書法，碑刻拓本的買賣達到歷史的高峰。在書畫創作上，則出現了大量掛牌賣畫的著名畫家，尤其是揚州，集中了許多富有鹽商，成為當時中國最繁榮的城市。鹽商們富得流油，想盡各種辦法炫富，園林、飲食、聲色，各種物質享受極為發達，同時也帶動書畫買賣的市場化，有名的「揚州八怪」，就是特指八位風格特出的揚州職業畫家，其中，最有名的就是曾經當過縣令的鄭板橋。

一、鄭板橋潤例

鄭板橋以畫竹出名，書法融合篆、隸、行、草、楷，自成一家，他也可能是第一位為自己的書畫作品公開訂價的畫家。

潤例，是指書畫篆刻家出售作品所列的價目標準。潤例又稱「潤格」、「潤約」、「筆單」等，它好比寫文章的稿酬。鄭板橋的潤例，內容詳細、形式特殊，可以說是古人書畫訂價的典範。

鄭板橋的潤例是這樣的：

大幅六兩、中幅四兩、小幅二兩、條幅對聯一兩；扇子斗方五錢，凡送禮者，總不如白銀為妙。公之所送，未必弟之所好也。送白銀則心中喜樂，書畫皆佳。禮物既屬糾纏，賒欠尤為賴賬。年老神倦，不能陪諸君子作無益語也。

鄭板橋的潤例之所以有名，除了標明書畫的價錢之外，主要還是因為其中坦率表達的個性。他說書畫買賣就是要用金錢交易，而且要現金，送禮沒必要，也不接受賒帳，最好是東西買了就走，他也不想浪費時間和客人聊天。

鄭板橋還作了一首詩，貼在門口。詩曰：

畫竹多於買竹錢，紙高六尺價三千；
任渠話舊論交接，只當秋風過耳邊。

意思是，要畫，就拿錢來買，套交情是沒有用的。

事實上，鄭板橋之所以如此三番兩次地宣示，主要是一般人並沒有買畫的習慣，不知買畫的規矩和門道，或者禮貌不周，或者要求出格，難免造成畫家的困擾。但這種情形，其實很難避免，大概任何書畫家都有這種困擾。

在以前，畫家通常是自己賣畫的，所以潤例的訂定，非常重要。因為鄭板橋訂潤例的模式太有名了，後來所有書畫篆刻家都借去參考使用。

二、齊白石的潤例

齊白石是清末民初的大畫家、書法家、篆刻家，可能也是在北京「開市」最成功的畫家。

齊白石年輕時是湖南鄉下地方的木匠，因為喜歡書畫，所以改行學畫畫，不過最初學的是肖像畫，照相技術發明之前，肖像畫有一定的市場。湘潭風俗，畫生人稱「小照」，畫死者稱「遺容」。畫像之外，齊白石也經常為主顧家的女眷畫帳簷、袖套、鞋樣之類，有時還畫中堂、條屏等。簡單來說，齊白石最初學的，可不是什麼文人書畫，而是當時庶民生活的應用美術。

一直到五十七歲到北京治印賣畫之前，齊白石可以說只是一個地方上小有名氣的畫家，但到了北京之後，他認識了當時的大詩人陳師曾。陳師曾在齊白石六十歲那年，攜中國畫家作品東渡日本參加「中日聯合繪畫展」，齊白石的畫引起畫界轟動，並有作品選入巴黎藝術展覽會，齊白石的書畫篆刻才終於受到重視，並且成為當時最有世界性知名度的中國畫家。

齊白石本來就是以賣畫為生，有了知名度以後，書畫篆刻的生意好得不得了，同時各界的交往、應酬也非常繁複，所以七十歲以後，他訂了一個仿照鄭板橋、但更為詳細的潤例：

余年七十有餘矣，若思休息而未能，因有惡觸，心病大作，畫刻目不暇給，病倦交加，故將潤格增加，自必叩門人少，人若我棄，得其靜養，庶保天年，是為大幸矣。白求及短減潤金、賒欠、退還、交換諸君，從此諒之，不必見面，恐觸病急。余不求人介紹，有必欲介紹者，勿望酬謝。用棉料之紙、半生宣紙、他紙板厚不畫。山水、人物、工細草蟲、寫意蟲鳥皆不畫。指名圖繪，久已拒絕。花卉條幅，二尺十元，三尺十五元，四尺三十元，以上一尺寬。五尺三十元，六尺四十五元，八尺七十二元，以上整紙對開。中堂幅加倍，橫幅不畫。冊頁，八寸內每頁六元，一尺內八元。扇面，寬二者十元，一尺五寸內八元，小者不畫。如有先已寫字者，畫筆之墨水透污字跡，不賠償。凡畫不題跋，題上款者加十元。刻印，每字四元。名印與號印，一白一朱，餘印不刻。朱文，字以三分四分大為度，字小不刻，字大者加。一石刻一字者不刻。金屬、玉屬、牙屬不刻。石側刻題跋及年月，每十字加四元。刻上款加十元。石有裂紋，動刀破裂不賠償。隨潤加工。無論何人，潤金先收。

從齊白石的潤例，可以看到的也不只是訂價的方式，還有許多買字畫、篆刻的「規矩」，這些規矩其實都是長期以來會困擾畫家的瑣事累積而成的經驗。

事實上，不只是一般人不懂向名家買賣字畫篆刻的規矩，即使是書畫創作者，也會有同樣的問題。

例如刻印，我就曾經在一位篆刻家朋友那裡，親眼看到某一位書法家「詳細交代」他想要什麼樣的印章、要什麼字體、要怎麼刻。最後篆刻家實在忍不住說：「你要不要另請高明？」

藝術創作，可貴的是作者的自由發揮，如果有太多期待、太多自己想要的風格、形式，必然限制了作者的創意，無法自在揮灑，所以大部分的書畫家都不願意接受「點體」（指定風格），並非作者耍大牌、擺姿態，而實在是在過多的期待下，無法瀟灑創作。

三、臺灣書法家的訂價

臺靜農晚年為索字的人太多所苦，覺得「苦於所役」，請書畫家江兆申幫他訂了潤例，並且委由畫廊處理買賣的瑣事。汪中教授後來也「比照辦理」，有了畫廊的專業服務，兩位書法家就可以專心享受寫字的樂趣。

一般我們總有藝術無價的印象，總覺得藝術家談錢是很俗的事，但其實書畫訂價的方式還是以大小、數量來訂價格，似乎和其他的商品交易並沒有什麼不同。理論上，同一藝術家的創作總有高下之分，每件作品的訂價應該有所不同，但這樣做很容易造成困擾，這種以大小、數量、繪畫內容為標準的訂價方式，也是沒有辦法中的辦法了。

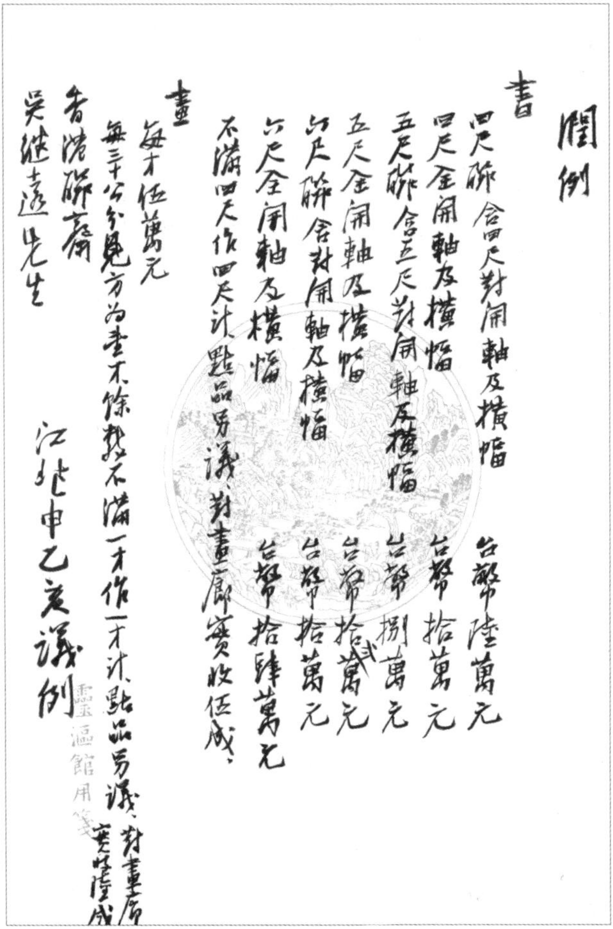
潤例

書

四尺聯含四尺對開軸及橫幅 台幣陸萬元

四尺全開軸及橫幅 台幣拾萬元

五尺聯含五尺對開軸及橫幅 台幣捌萬元

五尺全開軸及橫幅 台幣拾貳萬元

六尺聯含對開軸及橫幅 台幣拾萬元

六尺全開軸及橫幅 台幣拾肆萬元

不滿四尺作四尺計，題品另議，對畫廊實收伍成

畫

每才伍萬元

每三十公分見方為壹才，不除裁，不滿一才作一才計，題品另議，對畫廊實收陸成

香港聯齋

吳繼遠先生

江兆申乙亥識例

靈漚館用箋

江兆申先生親自書寫的自訂潤例。

書畫界的江湖規矩

二〇〇四年左右，中國大陸出現了一個論壇式的網站，叫「書法江湖」，這個名稱取得非常巧妙，因為書法這個圈子，似有若無，就像武俠小說中所稱的江湖一樣，沒有特定範圍，但確實存在。

用現代語言翻譯，書法江湖就是書法的生態圈，而在這個書法生態圈中，又有其特定的運作規則，有一些規矩不能不知道，但這些規矩又很難界定，所以就姑且稱之為「書畫界的江湖規矩」。

一、拜師不容易

「書畫界的江湖規矩」第一條，是學習書畫的人多少應該明白，跟隨書畫名家學習和一般的才藝班是完全不一樣的。一般的才藝班如同那些英語補習班一樣，繳了錢就可以上課，老師和學生之間，沒有什麼情分，學生、家長甚至可以跟老師討價還價，和去菜市場買東西沒什麼兩樣。

很多學校社團、社區大學、救國團、社教館、文化中心都開設書畫課程，聘請的老師也有一定的名氣，因為這些單位通常會補貼老師的鐘點費，所以學費低廉，對學生來說沒有什麼負擔，老師也教得輕鬆愉快，因為老師一旦占了這類單位的教師名額，通常和終身教職沒什麼兩樣。

缺點當然是所學有限，因為這樣的教學條件不可能教得太深，許多人來報名上課也是抱著了解的心態來的，也不可能多麼認真。好在大家都只是學習興趣、培養才藝、交朋友、賣直銷、賣保險來的，上課沒有壓力就好。

所以許多老師在這種地方教學，然後再讓有意願「深造」的學生到家裡上課，這和民國初年許多太極拳大師在公園教太極拳一樣，走過、路過都可以學到一點，但要更精深，就得往家裡去拜師。

無論太極拳、書畫，要和名家學習「真正」的技藝，不是你說要學就可以學，不了解規矩，根本毫無機會。

和名家學習，規矩很多。一九八〇年代以前和名家學習書畫，首先要有人介紹，介紹的人和名家要有一定的交情，能說得上話；名家經過一定程度的考查之後，若答應了收徒弟，就得正式拜師，要請其他名家到場見證，學生要備禮向老師跪拜，之後還要擺宴請客，隆重得很。

二、門派不能混雜

一個門派內的教學內容都是不能對外講的，沒有必要讓外人知道的東西也不可對外說。有人說，傳統許多技藝就是這樣保密而失傳的，所以不應該保密；這個說法有點道理，但其實不然。

技藝的失傳，有各種原因，時代的、個人的因素都有，不能簡單歸諸保密所致。

一個門派中的技藝之所以不能外傳，這和現代同質企業的保密精神是一樣的，所以，入了某個門派以後，就不能再隨便去外面拜師了。這就好像，你不能同時在台積電和聯電上班、兼差一樣，因為兩家公司做的都是積體電路的設計生產，不可能讓人同時在兩家公司工作。

張大千「大風堂」是一派，溥心畬「寒玉堂」是一派，老師可以是好朋友、書畫知己，學生卻不能混為一談。

不過現代教育普及之後，很多名家也在學校授課，所以學生不用拜師，就有更多的機會接觸各門各派的東西，這對書畫知識、技藝的教育當然是好事，不過老師在學校裡教的東西，肯定是不會太多，一般也只是基礎而已。真正要精深，還是要回歸到傳統的門派師徒關係中，而在門派內部教學的東西，就是屬於「最好不要外傳」的部分，這個規矩雖然沒有明文規定，但理論上，作學生的都應該要知道這些事。

但現在常見的情況是，很多人學了一點知識、技術，就忙著在臉書上炫耀，好像是自己的發明、發現，非常要不得，因為這些「最好不要外傳」的部分，看似微小，但往往關係甚大。沒有網路之前，人際溝通範圍很小，有了網路之後，誰都可以看到發表出來的訊息，如果傳達的觀點或知識不正確，往往造成資料的錯誤。

例如，我上課講的東西，學生做了紀錄和心得，然後發表，結果有人引用、流傳，就很容易造成錯誤。

三、小規矩大學問

一九一九年，二十一歲的張大千從日本返回上海，決定往藝術創作發展，為了打好書畫基礎，幾經多方打聽，請人介紹，終於拜曾熙為師，學習書法。

曾熙是一個非常照顧學生和朋友的人，當時他的朋友李瑞清也到上海賣字為生，有一大家子要養，生活得很辛苦，所以曾熙就叫張大千這個多金公子去拜李瑞清為弟子，張大千很聽話，準備了束脩，拜入李瑞清門下。

過了幾個月，曾熙偶然問起和李老師學習得如何，張大千為難地說，去了幾次，都被門房擋住，說老師不是在休息，就是在會客，都沒見著人。

曾熙聽了就問，「門包」送了沒有？「門包」就是送給門房的紅包。張大千初出茅廬，還不懂江湖規矩，結果在門口就被門房給擋下來了，連進門的機會都沒有。

江湖一點訣，聰明的人一點就通。第二天，張大千準備好給門房的大紅包，果然立刻就見到李瑞清了。不但如此，張大千每次去，都還事先得到門房的提醒，「老爺正在寫字，張少爺趕快上樓」、「老爺今天心情不錯，張少爺快請進」等等，從此張大千就成了李瑞清門下最受歡迎的弟子。

可見，給門房紅包雖然是小規矩，但關係甚大，不明就裡或不以為意，以為自己是貴客而失了禮數的人，可能怎麼死的都不知道。

進入老師畫室，就等於到了皇帝的上書房，必須態度恭敬，說話小聲，連呼吸都要收斂起來。切記要眼光端正，不可到處「掃描」，畫室中的物品除非經過同意，也不可以翻看，再怎麼好奇，都不能隨手觸動室內的東西。以前上課，每次展示作品或收藏，總是會碰到不識相的學生伸出手來想要觸摸紙張，更白目的還會用力「搓」一下。所以必須教學生，沒有老師同意，不能碰觸作品。

在古裝電影中，常常看到客人來訪的場景。主客在隔著小茶几的太師椅上坐定，傭人上茶之後，主人請客人用茶，客人此時才可以說明來意。

重要的是，談到某個程度，主人一端起茶杯，客人就應該要知道須主動告辭，如果沒有主動告辭，伺候在旁的傭人就會朗聲喊「送客」，這樣不識相的客人恐怕連下人都會瞧不起。

所以行走江湖要處處留心小細節、小規矩，太不拘小節的江湖豪客通常都活不久。

四、江湖有禁忌

不過行走江湖，難免刀口上舐血，還是有很多人不怕死的。江湖規矩中，有許多屬於禁忌級的，應該嚴格遵守，其中之一，就是不得透露本門的功夫，也不得偷窺其他門派的技藝，如果在其他門派授課的時候偷窺，被發現後可能會被追打處死。因為在武俠小說中，各門派的功夫不只是涉及比武時的輸贏招式，更可能是生死的關鍵，偷看教學武功自然是大忌。

然而正因為是大忌，所以更吸引人以身犯險，甚至為了一點祕密而不惜粉身碎骨。

書畫界也是如此，許多書畫名家如傅抱石、楊善深，畫畫是不給人看的，連學生都只能從作品中揣摹老師的技法。之所以這樣做，就是為了防止學生日後背叛，製造老師的假畫。

書畫的價格高昂，賣假字畫自古以來就是高獲利的行當。明朝吳門畫派興盛上百年，蘇州的書畫市場因而熱絡異常，幾位宗師如沈周、文徵明的書畫非常搶手，自然有許多人在市場上造假。有的人拿了假字畫去請求鑑定，還好沈周和文徵明是寬厚的人，而仿作也不是太差，都很樂意「弄假成真」，原因是他們覺得做假畫的人也是為了生活，不必苛求。

但大部分的情形當然不是這樣，做假畫一定是不被寬容的事。一九七〇、八〇年代，有人專門做張大千、溥心畬的假畫，鬧出不少風波。近年書畫市場雖然機制比較成熟，但張大千、溥心畬、江兆申的假字畫還是橫行。

「外人」做假已經不能接受，「門內」做假，那更是不可饒恕了，但偏偏許多人利慾薰心，加上有「門內」身分作保證，往往順利詐騙。一旦事情敗露，那就必然身敗名裂，從此在江湖上被人鄙視。

在一派之中，也有某些不成文的準則像江湖規矩，不能隨便亂來，因為不懂江湖規矩的言行很容易惹麻煩；自己惹了麻煩不要緊，還為師門添問題，那罪過就大了，輕則受罰，重則逐出師門，例子並不少見。

江湖上難免會碰上拳腳磨擦或刀劍相見的時候，正如書畫界也有意氣相爭的情形。各家掌門秉性不同，有的門派掌門人想要號令江湖當武林盟主，自然也就不會禁止門徒到處惹事生非，但大部分的門派一般都是主張與人為善，會要求門徒不可逞凶鬥狠，不可輕易挑起事端，不可與人結仇，如果徒弟不聽話，當然會有懲誡。

至於那種像電影中的黃飛鴻一樣，碰到徒弟打架，或鬧得不像話，黃飛鴻總是厲聲喝止，然後再出手阻止，通常就是一拳倒一個，中間還夾雜幾招厲害的「無影腳」，片刻間全部倒下，之後一算，必然是師父打的人最多。這種門派也不在少數，不過師父總是板起臉孔作道德教誨狀，讓外人很難批評指責，這樣的門派很難搞，碰到要小心。

五、網路的新江湖

網路興起之後，網路成為發表作品的重要管道，許多年輕的創作者不再依賴、也不再受限於傳統媒體的「投稿↓審稿↓刊登」的模式，發表作品的速度即時快速，數量龐大，而且可以立即得到回應。

傳統媒體上，一個成名已久的作家，如蔣勳、白先勇這些媒體熱愛的主流作家，一年能夠發表的作品，也不會超過二十篇，閱讀人數應該集中在「中老年」族群，觸及率恐怕很難與網路相提並論。在網路上，年輕人可能每天發二到三則、甚至更多的文字、圖片，並且立刻得到回應，時效差別太大了。

現在一般人的生活中已經須臾不離手機，還有什麼比這個隨身攜帶、隨時查看更好的閱讀平臺？手機、網路、社群媒體早早就成為新的文藝展示平臺，也因而帶動了許多新的「江湖規矩」。

首先，是在網路上活躍的書畫家通常不再心心念念他們的師承，也不再只以作品吸引人，而是以人、活動、故事、聚會、餐飲，甚至是個人自拍、生活情報成為主要的訴求重點，相對來說，作品的品質如何，已經不是那麼重要了。

網路開啟了作品發表的新途徑，也經常看到許多人在張貼作品時註明「此作品開放收藏」，偶然也會看到「此作已經被收藏」，這種透過網路直接交易書畫的情形，在十年前是完全難以想像的事。

以前的書畫篆刻作品，總是作者要埋首寂寞創作多年，然後尋求願意或可以承租的展覽空間，花費不小的費用去裝裱，以及花不少時間精心布置，但往往只能展示一、兩個星期。展覽期間常常只有數十或上百人來參觀，銷售如果沒有相當成績，可能還要賠錢。文藝環境如此貧瘠，坦白說，一般書畫家的江湖其實往往只是茶杯大小而已。

有了網路以後，情形不同了。網路是一望無際的大海，而且是全球化的大海，網路經濟造就了各式各樣的網紅，給網紅們帶來不小的經濟收入，書畫家在網路上大紅大紫，也不是不可能的事。

不過，很多網紅都是乍起乍落，常常紅沒多久就消失無蹤了。網路時代的人事代謝快如日月流轉，就像現在的服飾、日用品的「快時尚」，不太需要在乎材質、功能和品質，只要外形看起來很美，即刻吸睛最重要，但也常常快速地被淹沒在更多、更新的「訊息」中。而書畫創作畢竟是需要功力的事，在書畫的江湖上，一時的搞怪可能會吸引眼球，但要長期存續，實力還是唯一的本事。

師徒與師生

多年前，一位學生遠道拜師，感於她的誠意，所以重拾舊業，又開起書法班來。後來學生愈來愈多，也漸漸有了一點麻煩。老實說，我教書法的心情頗為矛盾，許多人雖然想學書法，但只是想淺嘗即止，甚至根本就是抱著「想學個才藝」的態度，這和我期待的「師徒關係」有很大的距離。

一、師徒不是師生關係

在現代的社會裡，「師徒」的關係大概已很少人能夠了解了。

「師徒」不是現在學校裡的師生關係，更不是補習班那種販賣知識的師生關係，而是傳統學藝問道的，所謂「一日為師、終身為父」的那種師父傾囊相授、徒弟全心學習的關係。

歷史上最有名的師徒關係，當然是孔子與他的七十二名弟子，學生追隨老師周遊列國，問道於生活之中，那當然不是現代人在學校裡上課可以想像的境界。

現代人中，最可以說明什麼是「師徒」關係的，大概是江兆申先生和他的學生們。

一九九一年開始，我有幸跟隨江兆申先生學習書畫，於是漸漸把所有雜事排開，以便可以在老師找我的時候「隨傳隨到」。

那時候江老師已經從故宮退休，搬到埔里居住，每兩星期回臺北一次，一般是週五中午回臺北，週一中午回埔里，在臺北的三天期間，行程大多排得滿滿的，要去醫院固定門診、拿藥，週日上、下午各有一堂課，應酬就排在晚上。

我那時在《聯合報》工作，下午一點開始上班。我一般都是週五

侯吉諒（左後）一路跟隨江兆申老師（右前）學習書畫。

中午到南港的老師家，送他去國泰醫院門診，之後趕去上班；下班時，如果老師有應酬叫我作陪，就去餐廳，沒應酬的話，有時老師會叫我去家裡吃飯，喝點小酒，陪他看看電視。老師生活規律，九點多就睡覺了，我便告辭回家。

週六早上再到老師家，看他畫畫寫字，中午陪老師吃中飯，接著再去上班，如果有晚上的應酬，就再去餐廳。

星期日早上是我們上課的時間，通常是早上八點開始，到中午十二點。下了課，一般都會去忠孝東路明耀百貨後面巷子的一家餐廳吃飯，飯後大多也都會去李義弘師兄的畫室聊天喝茶；李義弘的畫室非常寬敞，四、五個大男人累了就躺在地板上休息，也不會覺得擁擠。一般回到家都是四、五點了。

星期一早上，我再到老師家，看老師畫畫寫字，中午飯後再去上班。

老師不在臺北的那個星期，大多會分批約學生下去埔里，因此我大概一個多月就會去一次；臺北、埔里一趟交通時間大約四個多小時，所以一般會安排至少三天兩夜。

如果誰太久沒去埔里，老師就會要他安排時間，開車載他去埔里。老師不說原因，其實大家都知道老師在盯學生了。

因為這樣，所以我得空出許多時間，才有辦法侍奉陪伴江老師。因此，除了在《聯合報》的工作必須維持外，其他的很多事情我大多取消了。

那個時候我做的事情還滿多的。除了《聯合報》的工作，還幫兩三家出版社規劃、監督出版業務，也做一些雜誌的編輯，以及廣告的企畫執行等等。雖然都只是幫忙性質的事情，但這些工作的報酬加起來，一年大概有兩百萬左右，是我當時在《聯合報》薪水的數倍。然而，為了可以空出時間和江老師學習，我毫不猶疑地放掉那些工作。

簡單來說，為了可以和江老師學習，我放棄一年兩百萬的收入。當時似乎也沒有計算太多，只是覺得錢可以再賺，但能夠和江老師學習的機會實在是太難得，當然要緊緊把握。

那時有少數朋友知道我花了這麼多的時間和江老師學習，都覺得不可思議，我自己卻一點都不奇怪。因為不可能有第二個江老師這樣的老師，在中國書畫的學問上這麼淵博，創作又這麼精采，而且教學完全不藏私。

直到一九九六年，江老師到蒙古、東北旅行，在瀋陽因心肌梗塞病發猝逝，我跟隨江老師的五年時間，完全沒有缺席過。

江老師的過世，對書畫界來說，是重大的損失，然而，恐怕只有他的學生才知道，失去的是什麼。

也有一些朋友知道我跟隨江老師的情形，頗為佩服。但我自己知道，在老師的學生中，我並不是最認真的。我入門的時候，有許多師兄已經跟隨江老師超過三十年，也早就是臺灣的名家、大師，但他們依然每兩星期來上課，沒見過誰請假的。

有的師兄、師姐遠在南部，上課要前一天就到臺北來，這樣南北長途來往實在辛苦，但他們依然是數十年如一日。

二、成為徒弟才能入門

我參觀過一些書畫團體上課的情形，老師畫畫寫字的時候，大部分的學生都坐著看老師示範，但似乎只有少數是認真的，許多人甚至聊天聊得極其忘形。

江老師上課的時候，學生幾乎全部都是站著的，因為只有站著才能看清楚老師下筆的方式。一個早上四個小時下來，只有在老師停筆休息的時候，大家才會交談，不然，安靜的畫室內，就只聽見老師的筆在紙上畫過的「沙沙沙」聲。

老師畫畫的時候，有時畫到紙邊，常常看到站得近的師兄一個手指頭就伸了出去，幫老師把紙壓平，老師的筆畫過去，手指就輕輕地離開，絕對不會影響老師的畫畫節奏。這種默契，只有師徒之間相互了解到一定程度了，才有可能出現，當然，也只有極其認真地觀察老師的動作，才有辦法產生這類互動。

寫字的時候，這種默契更是表現得極為明顯。師兄不但要幫老師

那種師父傾囊相授、徒弟全心學習的師徒關係，真正地體現在江兆申老師與學生們的日常互動之中。

拉紙，還要照顧紙張的平順，以及抄寫內容的順序進度，以便讓老師寫字可以一氣呵成。寫書法最重要的是一氣呵成，但最難的也是一氣呵成，因為長條式的書寫需要不時地把紙張往前移動，才能繼續寫，如果沒有人幫忙，寫一寫就得停下來移紙。所以老師寫字的時候，通常會叫學生幫忙。

但拉紙不容易，要了解寫的內容，也要知道寫的技術，尤其是寫到底端的時候，要不要往上拉，讓沒有寫到一個節奏的句子繼續寫下去，這就需要相當的經驗。師兄們跟隨老師二、三十年，了解老師的習慣，什麼時候要拉紙、拉的幅度多大，都控制得恰到好處。有時老師才寫完一個字的最後一筆，紙張就迅速拉到下一個字落筆的地方，其精準的程度常常讓我看得驚訝無比。

但幫老師拉紙是很重要的訓練，因為一方面要非常留意老師寫字的節奏，一方面也要判斷他的節奏，並從老師寫字的順暢與否檢驗自己的判斷是不是正確的，這樣一來，就等於是在學習、體會老師寫字的節奏。寫字的節奏，是寫書法的一大祕訣，也可以說是一個人的書法能不能進入創作階段的重要關卡。

三、「尊師重道」不只是禮節

寫字畫畫是不能受到干擾的，我很佩服那些學生一直講話、但依然能畫畫寫字的老師們的好脾氣，但也覺得老師不要求、不教導學生尊重創作是不對的。

至少，上課的時候要認真，再至少，老師示範的時候要安靜，這應該是最起碼的基本態度，上書畫課，不能只教技術而不教態度和觀念，否則學生們永遠無法學會正確的觀念與態度。

中國人從小沒有接受多少美學的教育，對書畫的欣賞能力只停留在字寫得端不端正、畫得像不像的幼稚園階段，但一般對書畫又有很多自己的意見，這些，是學習書畫時都要糾正的東西。

在古人學藝的過程中，首先教的是做人，而後才是知識與學問，這種教育方式，有其深刻的意義。

現代的教育制度固然讓所有人都有機會受教育，但學校的體制卻只能教知識，很難及於其他。尤其是現在媒體發達，各種知識、觀念、價值觀都有，學校裡很難像二、三十年前那樣，灌輸學生比較正統、正面的價值觀。有的學生甚至瞧不起老師，有的老師也的確不能勝任，凡此種種長期累積下來，我們的社會慢慢就失去了師道的尊嚴與功能，老師與學生之間，甚至變質為知識的買賣關係，完全喪失了「傳道」的可能。

「尊師重道」強調的不只是禮節，而是一種文化、價值觀念的傳承，那裡面不只是知識技術的學習，更是人格、修養、觀念的全部啟發，這也就是「師徒關係」無比珍貴的地方。

丙申十月
侯吉諒

墨色繁華
生活中的書法美學
（※本書為《紙上太極》大幅增訂之新版）

國家圖書館出版品預行編目 (CIP) 資料

墨色繁華 : 生活中的書法美學 / 侯吉諒著 . --
初版 . -- 新北市 : 木馬文化事業股份有限公
司出版 : 遠足文化事業股份有限公司發行 ,
2024.08
272 面 ; 14.8×21 公分

ISBN 978-626-314-702-7（平裝）

863.55　　113008844

作　　者　侯吉諒

副 社 長　陳瀅如
總 編 輯　戴偉傑
主　　編　李佩璇
特約編輯　李偉涵
行銷企劃　陳雅雯、張詠晶
封面設計　莊謹銘
內文排版　李偉涵
印　　製　呈靖彩藝有限公司

出　　版　木馬文化事業股份有限公司
發　　行　遠足文化事業股份有限公司（讀書共和國出版集團）
地　　址　231023 新北市新店區民權路 108 之 4 號 8 樓
電　　話　02-2218-1417
傳　　真　02-2218-0727
客服信箱　service@bookrep.com.tw
客服專線　0800-221-029
郵撥帳號　19588272 木馬文化事業股份有限公司
法律顧問　華洋法律事務所　蘇文生律師

初版一刷　2024 月 8 月
定　　價　420 元
I S B N　9786263147027（平裝）
E I S B N　9786263147010（EPUB）

版權所有，侵權必究。本書若有缺頁、破損、裝訂錯誤，請寄回更換。
【特別聲明】有關本書中的言論內容，不代表本公司／出版集團之立場與意見，
文責由作者自行承擔。